講談社文庫

死刑評決

大門剛明

講談社

目次

死刑評決

序章

円卓を囲む全員が黙りこんでいた。

老人はしかめ面をし、女性は爪をいじりながら固まり、腕に蜘蛛《くも》のタトゥーのある金髪の青年は、金魚のような口で酸素を求めていた。

通り雨はもうやんだのだろうか。冷房はきいているはずなのに蒸し暑い。評議は予定時間を大きく超えても終わらなかった。

人一人の命を奪うかどうかが、こんなどこにでもありそうな小さな会議室で話しあわれている。裁判官三人に裁判員六人、補充裁判員二人を合わせた全部で十一人。誰もがこれまでの人生で最も真剣に考えたとでも言いたげに疲れきっていた。

私もそうだ。これほど悩み苦しんだことは今までにない。

「それでは最後の評決です」

私は円卓に置かれた黄色の付箋を手にしながら言った。

「死刑か無期懲役か、付箋に記入をお願いします」

言われて全員、自分の前に置かれた付箋を手にとる。裁判官は黄色、裁判員はピンクと色分けされている。私は一枚めくり、サインペンを手にした。だが裁判員の誰一人、書き始めようとしない。

「裁判長、いいですか」

黒ぶち眼鏡をかけたサラリーマン風の男性が手を上げる。

「どうぞ、二番さん」

「少しトイレに」

上げたままの指先が、少し震えている気がした。

「分かりました。少し休憩をとりましょうか。ほかの皆さんもどうぞ」

一人の裁判員がどさっと椅子にもたれこんだ。ほかの裁判員たちも休憩に行く中、横にいた裁判官は涼しい顔で、黄色い付箋に書きこみ始めた。

私は目を閉じ、サインペンを握り締めた。評議室内は静かだ。誰もひとこともしゃべらない。外では蟬《せみ》が一匹だけ、くらいつくように鳴いていた。雨上がりの蒸し暑さの中、夏を終わらせないとばかりに。

やがて休憩を終えて全員がそろった。

「それでは書き終えた人から、付箋を裏返して彼に渡してください」

私はホワイトボードの前にいる若い裁判官を示した。裁判員たちは黙ったまま、ただうなずいている。

量刑こそ裁判の極みだという人もいる。確かにそうだ。そしてその極みは死刑か無期か、ここに凝縮されていく。裁判員の苦悩もつきつめればここにつきる。それほど死刑と無期の間には埋めがたい差が横たわっている。

死刑の是非については人によって様々な考えがあるだろう。だが死刑という刑罰が存在する以上、その判断から逃げることは不可能だ。しっかりと現実として向きあっていかなければいけない。難しい判断だ。そもそも人の生き死にを神様以外が決めること自体、正しいことなのだろうか。

裁判官は人であってはならない。

いつしか私はそう思うようになった。人間的な感情を捨て法だけに従う存在。映画館で得る一時の涙のようなちょっとした共感や同情、そんなもので裁きが歪められてはいけない。

サインペンのキャップをとると、横棒を一本書いたところで手が止まった。

書けない。どうした。もう結論は出ていたはず。それなのに今さらのようにためらっているのか。自分の手が震えているのを見て、机の下に隠す。誰にも気づかれないよう大きく息を吸って、静かに吐きだす。これまでのことを順に思い起こしていくと、いつの間にか震えが止まった。私は黄色い付箋に一気に書きこむと、ホワイトボードの前に立つ裁判官に渡した。

ボブカットの若い女性が立ち上がって、若い裁判官に付箋を渡す。次に黒ぶち眼鏡の男性、右陪席の裁判官が続き、補充裁判員たちは無言のまま、その様子を見つめている。最後の一人になったのは、銀髪を後ろで束ねた老人だった。

「全員揃《そろ》いました」

「では前に貼っていってください」

ホワイトボードには、真ん中に一本、手書きの線がある。その右側に死刑、左側に無期懲役と書かれている。

死刑か無期か。その量刑は多数決で決まる。評決権のない補充裁判員二人をのぞいた裁判員六人、裁判官三人、合計九人のうち、五人が死刑に投票すれば死刑だ。人の生死が百円ショップで売られているような付箋で決まっていく。

最初に若い裁判官が貼ったのは、黄色い付箋だった。几帳面《きちょうめん》な字ですぐに分かる。彼が自分で書いたものだ。無期懲役とある。

次に裁判員のピンク色の付箋が貼られる。死刑だ。続くピンク色の付箋もまた死刑だった。

被告人は事件当時、十九歳。事件は高松駅前の広場で発生した。女性アイドルグループによるチャリティコンサートが開かれて、多くの人でにぎわう中、時計台前に置かれた爆弾がさく裂したのだ。

負傷者は多数。命を落としたのは十二歳の少年一人。友達と遊びに来て巻きこまれたらしい。殺人は重罪だが、犠牲者が二人以上いないと、死刑になることは少ない。しかし一歩間違えば多数の死者が出ていたことは明白で、遺族の処罰感情は激烈だった。

被告人は虐待され、施設に保護された過去があった。その不幸な生い立ちには同情の余地があるものの、犯行には計画性があった。また被告人に反省の色が見られないこともあって、評議は難航した。死刑を主張していた者が無期懲役に転じたり、無期懲役を主張していた者が死刑しかないと言い出したり、かつてないほどの激論が戦わされた。

判事補が裁判員の付箋を貼る。また死刑だ。

「これで三連続だ」

金髪の青年がつぶやいた。三対一。死刑の三票はピンク一色だ。

「分からない。まだ死刑には裁判官の黄色い票がない」

髪を束ねた老人がつぶやく。

評決は多数決であるが、単純に数が多ければ決まりというわけではない。多数の票の中に裁判官、裁判員がそれぞれ最低一人は含まれていることが必須条件なのだ。例えば裁判官が三人とも死刑に反対の立場に回った場合、裁判員全員が死刑に票を入れたとしても死刑判決は出ないのだ。

五枚目、黄色の票は無期懲役だった。

「黄色が二枚……ほらな、裁判官は無期懲役だと判断しているんだ」

後を追うように、ピンクの付箋が無期懲役に貼られた。これで三対三。イーブンに戻った。死刑はピンク一色だが、無期はピンクも黄色もある。こうなると無期の方が優勢に見える。

次のピンクの付箋は無期懲役の方に貼られた。

だが三枚目の黄色い付箋が貼られてざわめきが起きる。それは死刑の票で、私の書いたものだった。二人の裁判官がさりげなく、私の方を見た気がした。これで四対四。しかもどちらにも裁判官の票が入ったわけで全くの五分になった。

嘘《うそ》だろと声が聞こえた。

もうこうなれば最後の一票がすべてを決する。そう思った時、誰かがサインペンを落とした。ころころと転がっていく。補充裁判員が拾い上げると、評議室内から完全に音が消えた。

老人はお守りのような物を握り締め、青年は蜘蛛のタトゥーに手を当てる。爪をいじっていた若い女性も、痩せたサラリーマン風の男性も、ホワイトボードに目がくぎ付けになっていた。誰もが息をのむ中、判事補が最後の一枚、ピンク色の付箋を貼りつける。

思わず目をつむった私は、薄くまぶたを開けた。

死刑。

すべてが今、終わった。

私たちは一人の少年に死を突きつけた。もう後戻りできない。まあ、これだけ議論を尽くして出した結果だ。やむを得ない……。

その時、私の中に一つの思いが急激に湧き上がってきた。自分で投じた死刑の票を無期懲役に変えたい。もう一度、評決をやり直せないか。今ならまだ間に合うのではないか。

湧き上がる思いを強引にねじ伏せ、私は平然とした顔で口を開いた。

「それでは被告人、小杉優心《こすぎゆうしん》は死刑ということでよろしいですね」

誰も異議はなかった。金髪の青年は真っ青な顔で胃の辺りを押さえた。ハンカチをとり出し、涙ぐんでいる女性もいる。

ようやく評議が終わったというのに、誰一人、口を開かなかった。ひどく疲れきっていて、抜け殻のようだった。立ち上がることもない。静寂だけが支配している。真っ白な空間があるだけだ。

私はゆっくり顔を上げる。

いつの間にか、蟬の鳴き声が消えていた。

第一章　ダイス

1

伸ばし始めた髪が、肩につくようになった。

今朝もしっかりと毛先が撥《は》ねている。いつもより早く目が覚めたから、たまには髪を下ろしていこう。心を決め、洗面台を占拠した。

もう少し伸びると撥ねなくなってくれるのだろう。今が我慢の時だ。毛先を水で少し濡《ぬ》らしてドライヤーを当ててみる。何度か手櫛《てぐし》で撫《な》でつけてみるが、まっすぐにならない。余裕だと思っていた時間があっという間になくなっていく。あせると余計にうまくいかない。結局いつもと同じように、えいやとばかりにブラシで強引にまとめて、小さな黒いリボンのついたゴムで束ねた。

うん、いいんじゃないかな。

松岡千紗《まつおかちさ》は鏡に映る自分に微笑むと、弁護士バッジを襟元につける。

「千紗、起きとる？　遅れるよ」

母が呼んでいる。分かっとると返事すると、自宅とつながっている店の方へ急いだ。かつお節のいい匂いにお腹が反応する。父はだしを仕込んでいるところだった。

千紗は玉子かけごはんにみそ汁をかきこむと、鞄《かばん》を手にした。

「じゃあ、行ってきます」

「真山《まやま》先生によろしくね。一生懸命きばりまいよ」

実家は丸亀市郊外のうどん屋だ。この前、出不精の父をやっとのことで連れ出した。母が千紗のためなんよと父によく分からない説得をし、三人で初の家族旅行が実現した。岡山から特急やくもに乗って島根まで行き、出雲《いずも》大社にお参りした。縁結びの神様。恋愛や結婚のことだけじゃなく、人との出会い、仕事や日常のめぐりあわせも縁だ。人智《じんち》を超えた力が様々な縁を結んでくれるという。いいご縁が結ばれますようにと手をあわせて祈った。

寒い。まっ白なフロントガラスに向かって、釜から拝借したお湯をぶっかける。湯気とともにほんのりうどんの匂いがした。

シャンパンピンクの軽自動車に乗りこむ。ホイールや内装が可愛《かわい》くて一目ぼれ。初めて自分で買った新車。東京にいたころは車なんて必要なかったが、地元、香川では車がないと不便だ。いつまでも店の車を借りて乗っているわけにもいかない。

小鳥が飛んでいく先に、もこもことしたお椀《わん》の形のような小山が見える。舗装されていない田んぼの小道を通る。通勤でこんなのどかな道を通る弁護士も少ないだろう。

丸亀の街中に入りしばらく走ると、法律事務所の入ったビルが見えてきた。裏の駐車場に車を停《と》める。

「ああ、千紗ちゃん、おはよう」

大根を大量に抱えているのは、この事務所の弁護士、熊弘樹《くまひろき》だった。

「どうしたんです、これ」

「ああ、ほら、農協の事務員さん、交通事故で泣き寝入り寸前だったけど、千紗ちゃんがうまく解決してあげたじゃない。その時のお礼なんだって」

「ちゃんと報酬はいただいたじゃないですか」

「感謝しても足りないって、さっき強引に置いてってたんだよ」

ほいよと大根を一本受けとると、なんだか笑えてきてしまった。出勤早々、温かい気持ちが広がった。

熊が大根を事務所の人数分、ビニール袋に入れて分けていると、事務員の穴吹英子《あなぶきえいこ》が出勤してきた。八百屋のような風景にたいして驚きもせず、喜んだ。

「こりゃいっぱい、たくあんきんぴらが作れそうやね」

東京へ出て弁護士になった後、千紗はフェアトン法律事務所という大手の事務所にいた。そこで綾川《あやがわ》事件という二十年以上前に起きた凶悪事件の再審無罪を求めて戦った。苦みの残る結果ではあったが、自分の過去とも結着をつけた。今はここ、香川第二法律事務所で働いている。もうあれから半年か。いやまだ半年しか経《た》っていないのか……そのくらいすっかりこの生活になじんでいる。

「でも千紗ちゃん、四国に戻ってきてもフェアトンの真山先生とはつながっているんだよね。すごいよ。もうさ、ここがフェアトン法律事務所香川支部ってことでいいじゃない。合併だよ、合併。そうなればこんなおんぼろ事務所じゃなく、新しいのに建て直してもらえるかもしれないしさ」

「それ、ええねえ。人も増やしてもらえるやろか。イケメンの若い弁護士さんこんかいの」

「もういるでしょ」

熊がポーズを決めてにんまり笑った。

「どこや、どこ？」

穴吹は手をかざして探すふりをした。途端に笑いが起きる。同じ法律事務所といってもピリピリしたフェアトンとここではまるで雰囲気が違う。本当にそうなったら大変だろうが、盛り上がる二人に水をささないよう黙っておいた。それにしても毎日がなんてのどかで平和なんだろう。

——ここが私の居場所だ。

今扱っているのは、民事のこまごました案件ばかり。でも実際はそうひとことで片づけられるものじゃない。依頼主にとっては重大で厄介な問題なのだ。法律の力で解決できるものなら手助けしたい。人に喜んでもらいたい。これが本来、自分が目指していたものだ。

「いよいよ判決だね」

「ええ、行きましょう」

二人ともきばりまいよ、という穴吹の励ましを受けて、丸亀駅に向かった。

民事が多いとはいえ、仕事はそればかりではない。これから向かうのは先代の弁護士から引き継いだ重大な刑事事件だ。

十年前、高松の繁華街で無差別に人が包丁で切りつけられる事件が起きた。酒に酔った男が次々に人を切りつけ、二人が死亡、数人が負傷、男はその場で警官に逮捕された。弁護を担当したのは、香川第二法律事務所の故吉田《よしだ》九十郎《くじゆうろう》弁護士だった。

死刑か無期か……この判断にすべてがかかっていた。第一審の裁判員裁判で、高松地裁は死刑判決を出した。だが被告人、佐野《さの》正己《まさみ》は一審判決を不服として控訴し、高松高裁で争われることになったのだ。

吉田九十郎亡き後、熊がその後を継いだ。千紗も加わり弁護にあたっていたが、死刑判決をくつがえす突破口は見出せなかった。熊に頼まれた千紗はフェアトン法律事務所に連絡をとり、刑事弁護に強い弁護士を紹介してもらえないかと相談した。熊には期待しないように言ってあったのだが、なんとフェアトンのトップ、真山健一《けんいち》自身が担当してくれることになったのだ。ありがたいことだが何故《なぜ》こうなったのかさっぱり分からない。

高松駅で降りると、しばらく歩いた。

やがて裁判所が見えてくる。

高裁判決の行方を報じるため、マスコミ各社の取材陣も姿を見せている。控室に向かうと、そこには見覚えのある彫りの深い顔の男がいて、足を組みながら何かの資料を広げて読んでいた。

「おはようございます」

千紗が声をかけると、真山健一は目線をこちらに向け、微笑《ほほえ》んだ。

「ああ、おはよう。ちょっと寒いけど、いい朝だね」

まるでバカンスに来たような気楽さだ。スペイン語らしき外国語の書かれた小箱から、ビスケットをとり出して一口かじった。

「松岡さんも、食べるかい？」

いつものグルテンフリーのビスケットだ。いえ、と千紗は両手を小さく振って遠慮したが、食いしん坊の態はいただきますと微笑みながらかじった。おいしいですと言っているが、本心かどうかは分からない。

「今ね、裁判官の異動人事が発表になって見ていたんだが、なんかしょぼいことになっているなと思ってね。いくらなんでもこれはないだろってのがけっこうある。最高裁の人事担当が馬鹿なんだと思うよ」

同じ法曹界にいても、弁護士と裁判官の世界はまるで別物だ。真山はかつて、史上最年少で最高裁判事になった過去を持つトップエリートだ。ただしその判事の職も定年まで勤めずにあっさりと辞めた。理由は分からない。そんなことは異例中の異例で、きっとエリートたちの世界でも真山は異質な人間なのだ。

「というより先生、これから判決ですよ」

千紗が呆《あき》れていると、真山はそうだねと答えてゆっくりと立ち上がった。

「見るまでもないけど」

「第一審の死刑判決をくつがえせますか」

「計画性を完全につぶしたからね」

検察は凶器の包丁について、犯人が事前に準備していたものだと主張した。しかし真山が証人尋問でその不審点をついた結果、包丁は飲み屋でたまたま手に入れていたことが判明。飲み屋の主人は自分の不注意のせいで事件が起きたと責められることを怖れ、隠していたことが分かった。犯行に計画性がない場合、死刑判決は回避される傾向にある。

「それだけじゃない。調略も完璧だ」

「調略？」

「今回の裁判長、山本敦《やまもとあつし》を知っているかい」

雲の上の人過ぎてよく知るはずもない。

「説諭の山本、ですよね」

熊が答えた。山本敦判事は判決の時に被告人に向かって熱いメッセージを送る人で有名だそうだ。真山は最高裁時代には同じ部署にいたことがあったので、山本のことをよく知っているらしい。

「裁判官の正義なんて不確実なものに託すほど、私はお人よしじゃない。山本敦の弱みを握っている。私に逆らえば彼は終わりだ」

真山はにやりと微笑む。熊は思いもよらない発言にどう答えてよいものか分からず、口をぱくぱくさせていた。

「なんてね。気は引き締まったかい？　最後まで何が起こるか分からないのが裁判だからね。油断はできないよ。さて、行こう」

冗談なのか本気なのかはよく分からない。ただ真山の背には敗北などあり得ないと書かれているようだった。

法廷に入ると、席には関係者や報道陣の姿が多くみられた。

被告人の姿はない。

遺影を手にした女性の姿がある。この事件の遺族だ。目があって思わず顔を伏せた。彼女は事件直後、報道陣の前で号泣していた。死刑判決以外に考えられないと叫ぶ姿が今も脳裏に焼きついている。

正直なところ、弁護側でありながら後ろめたい気持ちがある。もしこの事件、自分が裁判官ならどう判断を下すだろう。仮に計画的であろうがなかろうが、これだけのことをしたのだ。死刑以外考えられるだろうか。

「千紗ちゃん、始まるよ」

隣にいた熊に声をかけられた。

「あ、はい」

ひな壇に黒服の裁判官が姿を見せた。千紗もはっとして立ち上がる。すでに前回結審しており、今日は判決だけが言い渡される。

全員が礼をして着席する。裁判長である山本敦は真っ白な髪に真っ白な眉毛で、好々爺《こうこうや》という雰囲気だった。

山本が判決文を手にした。死刑か無期か。その判断は一瞬で分かる。主文があとに回されれば死刑の確率が高い。真山は無表情のまま、裁判長の方を見つめている。遺族たちは遺影を抱きしめながら、祈るような顔を見せていた。

裁判長が眼鏡をかけ直して口を開いた。

「主文、被告人を無期懲役に処する」

一瞬の間があって、どよめきが起きた。検察官は目を閉じて天井を見上げ、遺族たちは無念に震えていた。

「続いて判決理由を読みます」

理路整然とした判決理由が読み上げられていく。途中で遺族の女性が一人、耐え切れずに大声を上げ、その場に泣き崩れた。

「こんなこと、赦《ゆる》されていいの！」

横で夫らしき男性が彼女の体を支えている。

「ひどい！　ひど過ぎる」

女性の叫びが胸をえぐった。おそらくこの控訴審、熊と千紗だけでは死刑をくつがえすことはできなかっただろう。たまたま真山の助けがえられたおかげで無期懲役を勝ちとることができた。だがこれが正義だったのだろうか。

「千紗ちゃん、行こう」

ずっと呼びかけられていたようだ。熊の声がようやく聞こえた。千紗は遺族に頭を下げると、法廷を後にした。

真山と別れて、千紗は熊と共に佐野との接見に向かった。

被告人である佐野は自分に下される判決を直に受けとめる勇気もなく、塀の中に引きこもって震えているようだ。

手続きを済ませてエレベーターで上階へ向かう。接見室にはすぐに坊主頭の男が姿を見せた。

「おい、どうだった」

佐野は透明なアクリル板に顔をくっつけた。

「判決が出ました」

熊が切り出す。千紗はうなだれる遺族たちの姿が頭に浮かび、思わず暗い表情になった。目ざとくそれに気づいた佐野は蒼白《そうはく》となった。

「おい、嘘だろ。死刑なのか」

千紗が口を開く間もなく、佐野はすっとんきょうな声を上げた。

「ふざけんな！　くつがえせるって言っただろ」

「……佐野さん」

熊が制止しようとするが、佐野は叫び続けた。

「くそやろう！　真山ってのは最高の弁護士じゃなかったのか」

佐野はどんどんとアクリル板を叩《たた》く。何だろう、この安っぽい怒りは。大の男が泣きながらわめき散らしている。熊は呆れて言葉を失っていた。

千紗は長い息を吐きだしてから、ようやく口を開いた。

「佐野さん、判決は無期懲役だったんです」

叩く手がぴたりと止まった。涙はそのままに佐野は口だけぽかんと開いた。

「え？　本当なのか」

「嘘なんてつくわけがないでしょう」

二人してうなずくと、しばらく間があって、佐野の頬の肉が一気に弛緩《しかん》した。

「ようし！　よし、よし」

佐野は両手で何度もガッツポーズをした。

何なのだこの男は。凶悪犯かと言われると違う気もする。酒に酔って理性を失い、自暴自棄になってとんでもないことをやってしまっただけ。酔いがさめ、冷静さが戻ってくると、今度は恐怖におののくばかり。自分は知らない。死にたくない。後先考えず、身勝手な行動をくり返しているだけの愚かな男だ。こんな男のために……本当に遺族が気の毒でならない。

千紗は冷たい視線を佐野に送った。

「佐野さん」

「ああ？」

「ご遺族への謝罪の気持ちはないんですか」

判決理由では被告人に反省の気持ちがあるとされていた。それなのに……。千紗の言葉にとげを感じたようで、佐野は我に返ったように真面目な顔をつくった。

「もちろんあるさ。残された人生、一生かけて精いっぱい罪を償っていきたいと思います」

彼のとってつけたような言葉はもう聞き飽きた。これ以上、この男と話していると気がめいってくる。熊も同感のようだ。必要事項を伝えてからすぐに熊と千紗は接見を打ち切った。

「佐野さんのことはともかく、真山先生、さすがだったね」

「ええ」

真山は、判決前というよりも公判の前にほぼ勝利を確信していた。それなのに千紗の心は今一つ晴れないでいた。

これが正義なのだろうか。うなだれる遺族の姿が脳裏から離れない。死刑と無期。その差は果てしなく大きい。

「すごいよなあ。どうやったらあの高みまで行けるんだろ」

真山のことを褒めちぎる熊をよそに、千紗は吊り革につかまり、電車に揺られながら窓の外を見つめていた。

丸亀の事務所に戻ると、穴吹が笑顔で迎えてくれた。

「おめでとう。勝ったんやね」

テレビでニュースが流れている。熊が目を瞬かせた。

「うわ、真山先生だよ」

高松高裁が映し出され、馴染みのある顔がインタビューを受けていた。

「妥当な判決だったと思います」

記者にマイクを向けられた真山が淡々と語っていた。テロップで無期懲役判決と出ている。熊は興奮気味だったが、千紗は口を閉ざした。

やがて画面は切り替わり、被害者遺族たちの会見の様子に変わった。あのとき、泣き叫んでいた女性は遺影を手に言葉すら出てこない様子だ。もう一人の男性が充血した目で語っている。

「とうてい納得できません」

遺族の男性の顔は怒りに震え、くしゃくしゃになっていく。

「何のための裁判員制度なんですか」

カメラのシャッターがいっせいに切られた。

「ううん、難しいところやねえ」

穴吹は神妙な面持ちでつぶやいた。

重要事件の場合、第一審は六人の裁判員と三人の裁判官が評議を行って裁く。だが二審、三審は裁判官だけで裁かれる。市民感覚を裁判に反映させるというのが裁判員制度の意義だと言われているが、今回のように第一審で出た死刑判決が二審、三審でくつがえされる場合もある。ネットを見ると案の定、遺族の主張と同じ意見一色となっている。市民感覚を無視するのか、これだけのことをして死刑にならないなどあり得るのかと。

無期懲役判決を伝えた時の佐野の姿が浮かんだ。あんなもの、とても遺族には見せられない。

裁判官が誰になるかによって死刑か無期かが変わるというのはよくあると聞くし、弁護士の力量差もある。熊と千紗だけならきっと死刑判決をくつがえすことはできなかった。裁判にかかわる人間によって、死刑になるならないが左右されてしまっていいのだろうか。すべてはそういうめぐりあわせだったと済ませられるものなのか。

スマホをとり出し、真山にかけたがつながらなかった。

「熊さん、すみません。ちょっと出てきます」

「ん？　どうしたの」

「午後の法律相談の予定、代わりにお願いします」

「ええ？　困るんだけど。ちょっと、千紗ちゃん」

事務所をとび出しタクシーに乗りこむと、高松空港へ向かった。真山は今日の便で東京に戻り、すぐにロンドンに向かうと言っていた。急げばまだ間にあうかもしれない。どうしても話がしたい。そう思ったのだ。話をしてその先、どうしたいのかなんて分からない。ただ思いは抑えきれなかった。

空港に着くと、すぐにターミナルビルへ入った。

小さい空港だ。探せば見つけられるかもしれない。そう思って辺りを見回すと、一人の紳士がちょうどゲートに向かうところだった。

「真山先生」

駆けよって声をかける。届かなかったのか、人違いか。反応のない背中にもう一度、声をかけようとしたとき、真山はゆっくりと振り返った。一瞬驚いた顔をしたが、すぐ楽しそうに笑みを浮かべた。

「ご助力いただき、ありがとうございました」

「いや、楽な事件だったよ。気晴らしにちょうどよかった」

「それと……」

ここまで追いかけてきておきながら真山の飄々《ひょうひょう》とした目に見つめられると、うまく言葉にならなかった。

気持ちを奮い立たせ、千紗は思いを吐きだした。

「私たち、勝ってよかったんでしょうか」

自分たちだけでは勝てないからと、真山を頼ったのは千紗の方だ。それなのにこんなことを言うなんておかしい。だが問いかけずにはいられなかった。胸の鼓動を聞きながら真山の表情を見つめる。意外にもその笑みが消えることはなかった。

「渇いているようだね」

「えっ、渇く?」

「君のそういうところ、私は嫌いじゃない。自分の中に激情をもちながらそれに押しつぶされることなく、右往左往しながらも最後には正しいところへとたどりつく」

千紗は黙って真山の言うことを聞いていた。

「だが今、その激情が行き場を失《な》くしてくすぶっている。からからに渇いて欲している。だから私に答えを求めるんだろう」

「それは……」

図星かもしれない。

過去に決着をつけ、平和な日常の中、これで本当の人生を歩み出すことができる。そう思っていた。それなのに何か満たされない。これまで気づかないふりをしてきたが、今回の判決を機に何かが再び動き始めた。そんな気がする。

「ああ、そうだ。ちょうどさっき、事務所に依頼のメールが来てね」

「依頼？　ついさっきですか」

「残念だがうちでは対応しかねるんだ。だけどちょっとばかり面白い依頼でね。私のところへ転送されてきたんだよ。君に向いているかもしれない」

千紗に任せるというのか。どんな依頼なのだろう。

「依頼人は死刑囚の関係者だ」

「死刑囚？　まさか冤罪《えんざい》だとでもいうんですか」

「いや、そういうわけじゃない。罪を犯したことは事実だ。だがその依頼人は、死刑の判決に納得がいかないようでね」

冤罪でもなく、刑が確定しているのに往生際が悪いなと思った。残念ながらそんな訴えが通ったことは、過去に一度たりとてない。

「君は論より感覚だ。その感覚を大事にするといい」

褒められているのかよく分からないが、黙ってうなずいた。

「ところで私も今回、心残りがあってね。聞いてくれるかな」

真山は眉間にしわを寄せてため息をついている。こんな顔は珍しかった。

「せっかく香川に来たのに、残念なことがあってね」

「何かあったんですか」

「グルテンフリーの讃岐《さぬき》うどん屋が見つからなくてね」

千紗は口を半分開けたまま、固まった。なんだそれはと拍子抜けしていると、真山の頬が緩んだ。

「それじゃあ、期待しているよ」

軽やかに手をふって、真山はゲートへと消えた。

2

快晴の下、瀬戸内海の島々はきれいだった。

マリンライナーで岡山へと向かいつつ、真山から送られてきた資料に目を通す。

事件は八年前、高松駅前の広場で起きた。女性アイドルグループによるチャリティコンサートが行われる中、時計台の前に置かれた紙袋が爆発したのだ。すぐ側《そば》にいた十二歳の男の子が死亡。重軽傷者は十数人出た。

事件当時の様子は防犯カメラ映像だけでなく、何人かがスマホで撮影していて、爆発の瞬間がテレビで何度も流された。ネットではいまだに映像を見ることができる。人々の恐怖と混乱がよく伝わってくる。組織的テロではないかとマスコミが騒ぎたて、社会を震撼《しんかん》させる大事件として連日報道された。

だが真相は組織的テロなどという大それたものではなかった。防犯カメラ映像から警察は爆弾を置いた人物を間もなく特定。逮捕されたのは小杉優心という十九歳の少年だった。

彼はネットで得た知識をもとに砂糖や閃光《せんこう》粉、除草剤などの市販品だけで爆弾を作製。人の多く集まる場所を狙った。動機については語らず、弁護人にすら口を閉ざし続けている。

凶悪な事件ではあったが、命を奪われたのが一人だけだったため、死刑か無期懲役かが争われた。結果、一審では死刑。その後、弁護士が控訴したが、本人がそれを取り下げて刑が確定している。

岡山県に入り、清音《きよね》という駅で降りた。

依頼主は伊東文乃《いとうふみの》という人物だ。とりあえず会って話を聞いてみようと思い、この駅の改札口で待ちあわせをしている。やがて電車が到着し、乗客がぱらぱらと降りてきた。どの人だろうかとこちらに来る人の顔を見るが、全員がそのまま通り過ぎていく。約束の時刻を過ぎても伊東文乃という女性は姿を見せなかった。

スマホに送られてきたメールをもう一度開いて、確認する。日時に間違いはない。おかしいなと思っていると彼女からメールが来た。仕事が抜けられなくて少し遅れるということだ。

しばらく待つと、次の電車が到着した。

ダッフルコートを着た女子高生を追い抜き、水商売風の派手な女性が足早に近づいてきた。四十代くらいだろう。こちらを見つめている。彼女が依頼主なのかと思って身構えた。だが女性は素通りし、後ろで待っていたタクシーに乗りこんでいった。違ったか。そう思った時に声がかかった。

「ひょっとして、松岡千紗先生ですか」

「え、はい」

女子高生がこちらを見つめていた。

「すみません。バイトの交代が遅くなって。はじめまして。伊東文乃です」

少女はぺこりと頭を下げる。真っすぐなロングの髪がさらりと揺れた。

「こんなに若い先生だとは思いませんでした」

それはこちらのセリフだ。いくらなんでも女子高生だとは思いもしない。

「角を曲がるとファミレスがあるから、そこで話しませんか」

勢いに流されるまま、ええと応じて、文乃の後をついて行った。黒目がちな瞳で、すらっとしたきれいな子だ。千紗よりだいぶ背が高い。

店に入ると、ランチタイムが一段落した頃だからか客は少なかった。文乃は初めから決めていたようで生クリームがたくさんのったパンケーキを注文。千紗はコーヒーを頼んだ。

「依頼だけど、誰か大人の人と一緒にしたの？」

「いえ、私だけです……っていうか誰にも言っていないんです。秘密」

文乃は口元に人さし指をたてた。

「あ、でも心配しないでください。ちゃんとお金は用意しました。バイトで必死にためたから。足りない分は後から払いますけど、ちゃんと着手金の額には達していると思います」

今どきの子はみんなそうなのだろうか。まだ高校生とは思えないくらいしっかりしている。彼女が本気で弁護士に依頼しようとしているのは分かったが、こんな若い子からお金を受けとることはとてもできない。

「あなたは小杉優心とどういう関係なの？」

「好きなんです」

「えっ」

とっさに獄中結婚というのが頭に浮かんだ。まさか。三十年も生きてきて恋愛経験のほとんどない千紗はどう切り返せばいいものか分からず、言葉に窮した。助け舟のように注文した品が運ばれてくる。

「あの、勘違いされるといけないから言いますけど、好きって恋愛の好きと違うから。友達や家族みたいなものかな」

文乃が小さく切ったパンケーキを口に放りこむのを見て、どこかほっとしたように千紗は息をついた。

「私はこの近くにあるこでまり園っていう児童養護施設にいます。そこには昔、優心もいたんです」

ようやく少し話が見えてきた。そう思った時、文乃はパンケーキを食べる手を止め、深く頭を下げた。

「松岡先生、どうかお願いします」

「……伊東さん」

いくら有能な弁護士でも根拠もなく死刑判決をくつがえすことはできない。ましてや本人が控訴を取り下げて死刑を確定させているのだ。冤罪でもないのだし、今さらどうしようもないではないか。

「私には納得できないんです。優心は本当に優しいお兄ちゃんでした」

「でもね、彼は……」

「分かってます！」

文乃は声を上げた。ホールの店員と客が数人、怪訝《けげん》そうにこちらを向く。文乃はしまったと口を押さえて、声量を絞った。

「私だって分かってます。優心は人の命を奪って、たくさんの人を傷つけた。だから罪に問われるのは当然だって分かってます」

「だったらどうして？」

「せめて本当のことをしゃべって欲しいんです」

「本当のこと？」

「そうです。優心はまだ何も語っていない。遺族の人にもちゃんと謝って欲しい。どうしてあんなことをしたのか、何も語らずに死んでいこうとしている。そんなの私、赦せない。死んでしまったら何も分からなくなっちゃう。そんなんじゃ誰も救われない」

千紗はうなずきつつ、文乃の話を聞き続けた。

「本当は私が優心に会いに行きたいんです。会って優心から本当の気持ちを聞き出したい。でも親族でもないし、確定死刑囚には面会はできないんでしょう？　ただ弁護士さんは会えるって聞いたんです。だから私の代わりに優心に会ってください。今すぐは無理でも、生きてさえいれば心を開いてくれるかもしれない」

文乃は思いつめた表情でこちらを見ている。その真っすぐな瞳に千紗は引きこまれていった。そうか、この子、私に似てるんだ。

死刑判決に納得がいかないというのは、小杉優心が何も語らないまま死刑になることが我慢できないという意味なのだろう。

千紗はふうと一息《ひといき》吐いた。

「伊東さん、あなたが小杉優心のことが好きだってことはわかったわ。でもどうしてあなたはそこまで彼のために？」

問いかけると文乃は一度下を向き、それから窓の外を見つめた。

「十年前、私が八歳、優心が十七歳の時だったかな」

文乃は遠い過去を思い出すように語り始めた。

「園に遊びに来た近所の子がいて、その子のゲーム機がなくなる事件があったんです。親が施設の子に盗《と》られたって怒鳴りこんできて、先生たちも誰が盗ったんだって大騒ぎして。そうしたら壊れたゲーム機が出てきたんです。優心が犯人に疑われました。見つけたのが優心だったから。もともと優心は万引きや夜遊びで補導されてて、先生たちから目をつけられていたし」

そうだったのか。文乃は話を続けた。

「でもほんとは私がやったんです」

千紗は小さくえっとつぶやいた。

「うらやましかったんです。その子にはお父さんもお母さんもいて、何でも買ってもらえて、悔しかった。でも騒ぎが大きくなって、大人たちが優心をものすごく責めて。ばれたらどうしようって怖かったけど耐えられなくなって優心にごめんなさいって言いに行きました。でも優心は全く怒らなかった。逆に誰にも言うなって……」

いつの間にか文乃の頬には涙が伝っていた。

「私がなんでゲーム機を壊してしまったのか、優心にはわかったんだと思う」

千紗は黙って話を聞き続けた。

「私はそれから優心の側をちょろちょろしだして。今思うと初恋みたいなものだったかもしれません。優心が十八になっていなくなるまでくっついていました。私は周りになじめなくて浮いていたから、年の離れたお兄ちゃんができたみたいでうれしかったな……」

高松コンサート会場爆破事件は、無差別に多くの人を狙った凶悪なものだ。小杉優心のことは怪物と呼べるかもしれない。だが全ての犯罪者がそうであるように、生まれた時から怪物だったわけではあるまい。どのようにして彼が怪物になっていったのか、自分はもっとよく知る必要がある。そんな気がした。

「伊東さん。小杉優心のこと、もっと教えてくれる？」

「はい」

文乃は驚いたような顔をしてうなずいた。

「でもその前にほら、せっかくのパンケーキ」

千紗が指さしながら微笑むと、文乃はハンカチで涙をふき、おいしそうにパンケーキを平らげた。

やがて二人はファミレスを出た。

文乃の後についていくと、田園風景が広がっていた。小高い山の方に足を向ける。駐車場があって自動車が何台も停まっているのが目に入った。石段が上の方にのびている。清音寺という寺標が建っていた。

「けっこう急だから、気をつけて下さい」

文乃の後に続いて石段を上っていくと、境内の方から子どもたちの笑い声が聞こえた。

文乃は足を止め、広場で遊ぶ子どもたちを眺めた。弟や妹を見る姉のような眼差《まなざ》しだった。文乃は奥の方にあるコンクリート三階建ての建物を指さす。

「ここがこでまり園です」

「けっこう大きいのね」

文乃は黙ってうなずいた。清音寺が経営しているらしい。

「私は生まれてすぐ、捨てられたんです」

「捨てられた？」

「はい。文月、七月に生まれたから文乃。でも正確な誕生日は分からない。他の子と比べてなんで……って思うことはあったけど、園の中にいたら平気だった。みんな親がいないのがあたり前だったし。和尚さんや先生たちのおかげで何とかやってこれました。ずっと温かい環境の中で育ててもらって感謝してます。でも優心は違う。親に虐待されて殺されそうになってやっと保護されたんです」

それは調べた時にも出てきた情報だが、情状酌量を求める主張は裁判では届かなかった。虐待されていたからといって、小杉優心のやったことは正当化されない。

「最初にも言ったけど、私がこうして弁護士さんに頼もうとしていることは秘密にしているから、松岡先生もこでまり園の人には言わないで。私が優心をずっと気にしてること、よく思わない大人もいるんです。でも……私は優心の気持ちがどうしても知りたいんです」

この園も殺人犯を育てた施設として、世間から相当叩かれただろう。このまま波風立てず、首をつっこみすぎない方が賢明なのかもしれない。だが千紗は文乃の思いに触れ、彼女に共鳴するように熱い感情が湧き起こるのを感じていた。

「分かりました。まずは小杉優心の元弁護人に話を聞いてみます。それから認められるかどうか分からないけど、接見できるかかけあってみます。厳しいことを言うけれど、死刑判決自体をどうにかすることは無理よ。でもあなたの言う通り、小杉優心が黙ったままなのは私も許せない。接見して彼の口から話が聞きたいって思う」

文乃は何度か小さくうなずいた。

「ただあなたからお金は受けとれない。これは仕事じゃなくて、私自身がやりたくてやることだから」

「……松岡先生」

「それでいいかな、文乃ちゃん」

千紗は口もとを緩め、思わず下の名前で呼んでしまった。

「ありがとうございます！　どうかよろしくお願いします、千紗先生」

千紗先生……か。なんだか気恥ずかしい心地だ。文乃は何度も頭を下げるので、千紗はもういいからと文乃の肩をぽんと叩く。目をあわせ、二人は微笑んだ。小杉優心に会えたところで現状は変わらないまま、何にもならないかもしれない。だがそれで彼女の気がすむのならいい。文乃のためにやれることはやってあげたい。そう思った。


こでまり園に行ってから数日後、千紗は高松地裁で調停の仕事を終えた。

そのまま裁判所の近くにあるふじおか法律事務所に向かう。

連絡を取ると、少しだけ時間をとってくれるということだった。あまり大きな事務所ではなく、ビルの三階に色あせた古い看板がかかっている。香川第二法律事務所とどちらが古いかというレベルだ。

インターホンを押してサッシの扉を開くと、五十がらみの小柄な男が千紗を迎えた。藤岡正邦《まさくに》。かつて小杉優心の弁護士だった人物だ。

「こんにちは。松岡先生ですね」

「はい、よろしくお願いいたします」

応接室に招かれると、事務員がお茶を運んできた。

「先日の高松高裁、死刑判決をくつがえされたのは驚きましたよ。真山先生の秘蔵っ子なんですってね。綾川事件でのご活躍も聞いております。そんな優秀な方がこんなへんぴなところに何のご用ですかな」

藤岡はにこにこしながら湯呑《ゆのみ》に口をつけた。皮肉が込められているのかどうか、判断がつかない。微妙な感じの言い回しだった。

「いえ、私は何も……」

綾川事件はともかく、この前の裁判では本当にたいしたことはしていないのだが、今日はそんなことを話しに来たのではない。

「単刀直入にお話しします。実は小杉優心のことで依頼があったんです」

千紗はこれまでの経緯について、藤岡に詳しく話した。

「なるほど、そうでしたか」

「藤岡先生から見て、小杉優心はどんな少年だったんですか」

湯呑を手にしながら、藤岡は静かに語り始めた。

「そうですね。もともと口数が少ないんですが、事件当時のことや、犯行動機について詳しく訊《たず》ねようとすると、黙りこんでしまう。私のことも信用していなかったんでしょうな」

「先生はどんな方針で弁護されたんですか」

「小杉優心はまだ未成年でしたし、何とか反省させて、謝罪文などを書かせようとしたんです。死刑回避を狙っていこうと思いました。ですがこちらの話に聞く耳もたないわ、何も話してくれないわで……」

藤岡はお手上げのポーズをした。

「どうしようもなかったですよ。せっかくこちらが彼のためにと必死でやっているのにすべてをぶち壊されるんですから。ある意味トラウマものでした。こでまり園の職員や他にも善意で支援してやろうと手を差し伸べてくれる人たちにも態度が悪い。拒絶してしまう。あれじゃ、誰も味方がいないでしょう。まあ、弁護士たるもの被告人のために誠心誠意、守ってやらなきゃいけないんでしょうが、その前にこちらも人間ですし」

藤岡ははあ、と大きくため息をついた。

「一審判決後、とりあえず控訴してみたものの、本人が取り下げると言い出しまして。だったらもう勝手にすればいいと思いました」

気持ちは分からなくはないが、それを言ってはおしまいだという気がした。

「小杉優心は不幸な境遇で育ったと聞きましたが……」

「それはひどい境遇でしたよ。まあ、でもそんな少年はいくらでもいるでしょ。罪のない人間を殺していい理由にはならない」

「被害者遺族の方は今はどうされているかご存知ですか」

犠牲になったのは谷岡唯斗《たにおかゆいと》という十二歳の少年だ。

「確か父親が公務員をされていましてね。今は退職し、さぬき市の寒川町《さんがわまち》で暮らしていると聞きました。ご両親にはおわびの言葉を何一つ届けられなかったのが心残りです」

「そうですか」

確か事件の後、死刑を求めて激しい怒りを報道陣に向けていたと記憶している。この前、高松高裁で死刑判決をくつがえされた被害者遺族の姿と重なった。

「小杉優心に私が会うことになっても構いませんか」

「それはもちろん。私はとっくの昔にクビなんですから。それにしてもあなたも奇特な方ですな」

小ばかにされた気がして少しむっときたが、顔に出さないように気をつけた。

「ありがとうございました」

頭を下げて足早にふじおか法律事務所を出た。

悪い人ではないようだが、一言一言にとげがあるような、人を見下すような感じがした。弁護士としてのプライドを高くもっているがゆえだろうか。だが彼のこういう性質を多感な少年なら敏感に感じ取るだろう。つい、反発したくなるかもしれない。

「善は急げ……かな」

小杉優心に会いに行く。その決心はついていた。

彼は今、大阪拘置所に収監されている。千紗は時計を見た。まだ間に合うだろう。高松駅から丸亀に戻らず瀬戸大橋を渡って岡山駅まで行き、そのまま新幹線に乗って大阪へ向かう。

千紗はもう一度、鞄から高松コンサート会場爆破事件の資料をとり出した。死刑判決の最後、量刑の理由にこう書かれている。

――本件の罪質は極めて悪質で、犯行の結果が誠に重大であること、遺族の被害感情はこれ以上ないほどに激しいこと、社会的影響は大きく、計画性も認められ、被告人がまだ十九歳と若く、劣悪な家庭環境で育ったことを考慮しても、事件に対する反省の弁もなく更生可能性はない。被告人の刑事責任は極めて重要である。

死刑は究極の刑罰であり、誠にやむを得ない事情においてのみ選択が許される。その運用に関しては慎重の上に慎重さが求められる。だがその慎重さをもって検討を重ねても、被告人に対しては死刑でもって臨むのが相当である。

よって主文の通り判決する。

いつも思うが、判決理由は人の感情や高度な論理性からは程遠い。コピーして貼りつけただけ。司法試験の論証ブロックカードを思い出す。

スマホでなにげなく、高松コンサート会場爆破事件、裁判員、と入力して検索した。すると越智正平《おちしょうへい》という画家のブログが上位に来た。どういうことだろうと見ていくと、越智は高松コンサート会場爆破事件で裁判員として評議に参加したと記してあった。

『刺激証拠？　それがどうした』

これが最新の書きこみのタイトルだった。自分が実際に体験したからだろう。裁判員制度への言及が多い。この回は裁判員が悲惨な現場画像などを見せられてトラウマになるという問題を一刀両断にしている。そんなことで裁判員の仕事ができないなら、最初からやるべきでないと強い口調で批判していた。

過去の記事を調べる。どうやら越智は死刑に一票を投じたようだ。評議の様子がかいま見えてこちらとしては助かるのだが、かなり問題な部分も多い。自分が裁判員だったと公表することは自由だ。当たりさわりのないところで経験を広く伝えることは、よしとされている。しかし評決が五対四。最後の一票で決せられたことなどをばらしてしまうのは、完全に守秘義務違反だろう。

やがて大阪拘置所に着いた。

千紗は長く息を吐くと、弁護人用受付に向かう。

文乃の名前を出して小杉優心に会いたいと申し出た。死刑囚との面会には制限がある。身内や弁護士などごく限られた人間しか認められない。もちろん本人が面会を拒めばそこでアウト。しばらく待合室で待っていると職員がやってきた。どうやら会えるようだ。案外あっさり突破できたので、今さらながら胸が高鳴るのを感じた。手続きを済ませると、エレベーターで上階へと向かった。手荷物検査などがあって、接見室へと案内される。

逮捕されている者と接見することはいつの間にか慣れたが、死刑囚との接見はこれが初めてだ。いったいこの先に待つのはどんな人物なのだろう。文乃や藤岡から聞いたことやネット情報などは一度頭の外にやり、自分自身の目で確かめたい。

「こちらです」

接見室に案内されると、透明なアクリル板の向こうに一人の青年が現れた。糸のように細い目、あまり日に当たっていないせいか肌は生白い。中性的な印象だ。髪にくせがあったが手櫛でささっとやるとあっさり消えた。

相手は自分より三つ年下だ。二十七歳という実年齢はそう言われるとそう見えるが、二十歳と言われても三十代半ばと言われても、そう見えてしまう。見方によってはきれいな顔立ちと言えるかもしれない。それなのに何故だろう。生きている人間としての存在感が伝わってこない。それが小杉優心に感じた印象だった。

「弁護士の松岡千紗といいます」

微笑みながら千紗は名乗った。

少し間があって、小杉優心の下唇が少し下がった。

お前は誰だ。何の用だと言っているように思えた。へたくそな腹話術のように、表情は全く変わらなかった。怪しまれても当然だ。彼を訪ねてくる人など何年もいなかっただろうに、いきなり見ず知らずの弁護士が押しかけてきたのだから。しかも幼なじみともいえる文乃の名前を出している。

千紗は気圧《けお》されることなく、口を開いた。

「文乃さんは今もあなたのことを思っています。私は彼女の代わりに来ました」

しばらく待っていたが、反応はない。響いているのだろうか。さっぱり分からない。底なしの闇に沈んでいるような気さえしてくる。

「単刀直入に聞きます」

千紗はじっと彼の細い目を見つめた。

「あなたはどうして事件を起こしたんですか」

予想した通り、言葉は返ってこなかった。

「被害者や遺族の方に対して、どう思っているんですか」

続けて訊ねるが、小杉優心の口が開くことはない。

ただほんのわずかな変化だが、表情が硬くなっていくように見えた。だが腫れものに触るようにしても仕方ない。

「小杉さん、あなたがしたことはとり返しがつきません。失われた命はもう戻らない。でもせめて……」

千紗は真っすぐに彼の瞳を見つめる。

「本当のことを言ってください」

小杉優心は言葉を返さずに目をそらした。しばらくの間、接見室には沈黙だけがあった。

根競《こんくら》べに負けたように、ようやく千紗が口を開いた。

「あなたの心が知りたい……それが文乃さんの依頼です。わびる気持ちなんてない、反省なんてするものかというならそれでもいい。……いえ、よくはないですけど。とにかくあなたの気持ちが知りたいんです。このまま誰にも本心を語らず死んでいく。そんなことは私も赦せない」

まるで文乃と同調するように、つい気持ちが入り過ぎてしまうのを感じた。あまり押し過ぎると逆効果だ。一呼吸おいて、千紗は静かに語りかけた。

「あなたは第一審の死刑判決に対する控訴を取り下げましたよね？」

小杉優心は上目遣いにこちらを見た。

「どうして取り下げたのか理由を教えてもらえませんか」

言葉は返ってこない。千紗は静かに見つめ続ける。視線の中に過去を責める気持ちが混ざらないよう、無心になって言葉を待つ。合わなかった視線が再び合った。だがすぐにそらされる。

やはりダメか。そう思った瞬間、彼の口は開かれた。

「さっさと死にたかった。それだけだ」

小さな声でつぶやくように返ってきたのは、絶望的な言葉だった。それが彼の本心かどうかも分からない。だが千紗には小さな光がともったように感じられた。

「分かりました。ありがとうございます」

何がありがとうなんだ？　小杉優心は怪訝そうに目を細めた。

「あなたの言葉が聞けて嬉《うれ》しいです」

それだけですと続けた。彼はふんと鼻で笑った。いや笑ってはおらず、息を吐きだしただけかもしれない。

千紗は鞄から封筒をとり出す。

「これ、文乃ちゃんからあなたへの手紙です」

千紗は便せんを広げて、アクリル板にペタリと貼りつけた。

——優心へ。ずっと連絡をとりたかったけど、何もできずにごめんなさい。今、ここでまり園は梅が咲いてるよ。もう少ししたら菜の花でいっぱいになると思う。似合わなくて笑っちゃうけど優心は花が好きだったね。会えなくて寂しいけど、忘れたことは一度もないよ。気が向いたらでいいから、連絡くれると嬉しいな。

その手紙は数行の短いものだったが、心のこもった言葉が丁寧につづられていた。小杉優心は瞬《まばた》きを忘れたように、その手紙を読んでいた。その表情が気のせいか和らいでいく感じがした。

千紗は時計を見ると、ブザーのボタンに指をのばす。接見終了の合図だ。押した瞬間、何気なくアクリル板の向こうに目をやった。

彼の口は少しだけ開いていた。

何か言った気がする。だが拘置所の接見室にあるアクリル板は、警察のそれとは違って丸い穴がない。その声はこもっていてよく聞こえなかった。

「何か？」

問いかけるが返事はない。言いかけた言葉があったのだろうか。一瞬ひっかかったがまあ今日は初回だ。十分に手ごたえはあった。少しずつ焦らず向き合い続ければ、心を開いてもらえるはずだ。

「また来ます」

言い残して、千紗は背を向けた。

3

雪がちらつく中、民事裁判で高松地裁へ向かった。

「おはようございます」

地裁の入り口には小柄な青年の姿がある。賃金支払い訴訟の判決がこれから言い渡されることになっている。これから原告と共に裁判の結果を聞くのだ。

「も、もう帰りたいですよ」

原告の青年は情けない声を出した。

千紗は青年を警察に連行するように連れていく。

白髪頭の裁判官が、眼鏡の下から無表情な眼差しを送っていた。

青年は上目遣いにちらちらっと裁判官の顔を眺めている。重大事件の被告人でももっとしっかりしているだろうに、こんな訴訟程度で情けない。そう思った時に、裁判官の声が降ってきた。

「被告は原告に対し、不払い給与として……から支払い済みまで年五パーセントの割合による金員を支払え」

完全勝利だ。給与不払いをめぐる訴訟は、原告側の勝利で終わった。

「なお訴訟費用は被告の負担とする。この判決は仮に執行することができる」

「ありがとうございます。松岡先生のおかげです」

青年はぺこりと頭を下げた。

「本当に何と感謝していいか。泣き寝入りするところでした」

千紗は原告の青年に感謝されながら、裁判所を出る。青年はさっきまでとは別人のような清々《すがすが》しい表情でしゃべり続けていた。

「これからもっと前を向いて生きていける気がします」

やれやれ。さっきまではあんなに逃げ腰だったのに調子がいいな、と呆れてしまう。それでもこうして人の役に立てると気分がいい。

ただ心が軽いのはそれだけが理由ではない。あれからすぐ、文乃に小杉優心との接見がかなったことを伝えた。手紙をちゃんと読んでくれたことを話すと、文乃は大喜びだった。

たったひとこと、彼の言葉が聞けた。それだけのことが嬉しかった。接見だって拒否することもできたのだ。それなのに会ってくれた。心を開いて本心を語ってくれる可能性はこの先、十分にある。

千紗は駐車場で待っていた熊の車に乗りこんだ。

昨日見たテレビについてたわいもないことをしゃべりながら少し走ると、熊はふと黙りこんだ。固い表情で何度か深呼吸をしている。どうしたのだろうと思っているとようやく口を開いた。

「千紗ちゃん……」

「どうかしたんですか」

問いかけると、言いにくいんだけどと前置きしてから熊は少し間をあけた。

「最近、なにか隠してない？」

「はあ？」

「ん、なんていうか仕事のような、仕事じゃないような、誰かと会ってる……気がして」

もじもじした言い方に千紗は噴き出した。

きっと小杉優心や文乃のことだろう。そういえばまだ熊には伝えていなかった。隠すつもりはなかったのだが、正式な仕事ではないので知らせる必要はなかったし、忙しかったのであえて話していなかった。

千紗がこれまでの経緯について話すと、熊の顔がぱあっと明るくなった。

「そうなんだ。よかった」

小杉優心と会話できたことを、熊もわがことのように喜んでくれている。本当にいい人だな。

しばらく走って、事務所に着いた。

ただいまと言って入ると、穴吹が出迎えてくれた。

「二人とも、お疲れちゃん」

穴吹は心なしかうきうきしているようだ。

「松岡せんせ、可愛いお客さんが来とるよ」

応接室に誰かいるようだ。中に入ると、セーラー服の女子高生がいた。

「あれ、文乃ちゃん」

「こんにちは。今日、学校半日だったしバイトも休みだったから、来ちゃいました」

前に会った時と違って、文乃にはやわらかな笑みがあふれていた。こうして見るとどこにでもいる普通の女の子だ。千紗の後ろからひょっこり顔を出した熊は、大げさに驚いた。

腰砕けのような恰好《かっこう》だ。穴吹は面白がって後ろで笑い転げている。

「ああ、彼はこの事務所のボス弁、熊さん」

千紗が紹介すると、文乃は軽く頭を下げた。熊は顔を赤らめつつ、よろしくと言って隣に座った。

「それじゃあ文乃ちゃん、いいかな」

千紗は藤岡弁護士から聞いたことや、接見でのやり取りについて、詳しく話していく。電話でも簡単に伝えてあったが、いてもたってもいられずという感じでここまで来てしまったようだ。

「優心はしゃべってくれそうなんですよね」

「ええ、私はそう思います。時間はかかるかもしれないけど」

「よかった」

文乃は両手を組み合わせて、祈るような仕草をした。この子は心底、小杉優心のことを思っているのだとあらためて感じた。そんな人間が一人でもいてくれることに早く気づいていれば、彼は罪を犯さずにすんだのかもしれない。

しばらくして、文乃はこちらを向く。きれいな目だった。

「優心は不器用だからいつも誤解されてしまうんです」

「前に話してくれたゲーム機の事件のように？」

そうです、と文乃はうなずく。

「優心はいいわけをしない。誤解されても別にそのままでいいって。そういうところがありました。暴行事件を起こした時だって、相手が先に手を出してきたって後からわかったんです。でもそのことを絶対に言わないんです。働いていた工場でも優心は先輩から嫌がらせを受けていたらしいんです。でも誰にも言わなかった」

なんとなく優心という人間が分かり始めてきた。それは幼い頃から虐待を受けていたからだろうか。彼はきっと自分の感情を押し殺してしまうのだ。そして周りに助けを求めるほど人を信用していない。そうやって鬱積したものがついに噴出してしまったのが高松コンサート会場爆破事件だったのかもしれない。

もちろんやったことは決して赦されない。どんな事情があろうが、犠牲になる者からすれば知ったことではない。だが事件が起きた背景についてはきちんと解明すべきだろう。

「アメリカならこういうこと、ちゃんと調べるんだけどね」

声を上げたのは熊だった。千紗と文乃はそちらを向く。

「死刑になるような事件なら、被告人のこと、親子三代にわたって調べるんだ。こういう被告人の生きてきた背景を徹底的に調べて提出する。それはもちろん、どうしてこうなったのかを調べ上げ、もう二度とこんなことが起きないようにするためさ」

熊が外国人のように両手を広げると、あまり流暢《りゅうちょう》でない英語が降ってきた。

「デス、イズ、ディファレント。死刑は特別だよ。知っての通り、多くの先進国では死刑が廃止されている。いまだにあるのはアメリカと日本くらい。だがそのアメリカだって死刑を廃止した州もあるし、残っている州でも死刑には特別扱いがなされている。人に死を突きつけるというのは特殊な場合だとみなす考えから来てるんだ。スーパー・デュー・プロセスってやつだよ」

「スーパー・デュー・プロセス？」

文乃が問いかえした。熊は大きくうなずく。

「アメリカでは基本的に裁判官が量刑を決める。だが死刑判決だけは特別扱いがされていて、死刑にするかどうかを陪審員が決めるんだ。評決は全員一致が求められる。十二人の陪審員の内、一人でも反対すれば死刑にはならない」

「そうなんですか」

「ああ、さらに自動上訴制度というのがあって、いくら被告人がもう死刑でいいと言っても、上級審で精査されるんだ。このスーパー・デュー・プロセスについては、日本でも弁護士なら知ってるだろうけど、一般的にはほとんど知られてない」

日本の場合、被告人が控訴を取り下げればそこで死刑は確定だ。裁判員が重い量刑を選んでも、控訴されると高裁で否定されることが多い。市民感覚を無視するのかと批判されることもあるが、高松コンサート会場爆破事件も高裁で争われていれば、無期懲役になっていた可能性は高い。

「評決は五対四だったそうですね」

文乃が声を上げた。千紗はノートパソコンで越智のブログを表示した。熊があごのあたりを押さえながら言った。

「しかも小杉優心は控訴を自分で取り下げている。アメリカなら本人が何と言おうが上級審まで行くよ」

「五対四？」

文乃はパソコンの画面に見入っている。熊は続けて言った。

「つまりこの事件、アメリカなら百パーセント、死刑はなかった」

文乃はショックを受けたように固まっている。ブログを見せたことを、千紗は今さらのように後悔した。スーパー・デュー・プロセスはお金のかかる制度だし、冤罪をゼロにできる特効薬ではない。日本に導入される可能性は低いだろう。そんな外国のことを言いたててもむなしくなるだけだ。

「でもさ、再審請求だってできるんだよ」

「え？　どういうことですか」

文乃はじっと熊の目を見つめた。

「冤罪じゃなかったらできないって聞きました」

文乃につめ寄られ、熊はぼりぼりと頭を掻《か》いた。

「まあ、そうも言えるね。でもそれは冤罪の定義にもよるんだ」

「冤罪の定義？」

「うん、冤罪ってのは普通、やってないのにやったとされることだ。でもね、例えば犯した罪が本当は傷害致死だったのに、殺人ということになったらそれだって冤罪なんだよ」

部分冤罪というやつだ。

「白か黒かみたいなのは分かりやすくてみんな興味を持つけど、実際にはこういうグレーな冤罪の方が多いし厄介なんだ。それなのにあまり関心が向けられない。殺したことは間違いないんだろって感じで終わらされちゃう。死刑か無期かの判断なんてすごく難しくて重要なのに、いい加減なんだよ」

「そうなんですか」

「ああ、真にやむを得ない場合にのみ、死刑を選択ってのが建前だけどね。実際はそうでもない。方便の部分だってある。建前どおりなら誰が裁判官でも判決は一緒のはずだろ？　だけど実際は裁判官で違うし、裁判員裁判ならなおさらだ」

文乃は首をかしげながら、熊の方を見た。

「ええと……つまり優心の死刑判決について、その判断が正しかったのかどうか、もう一度確かめてもらえるってことですよね？」

「あ、ああ……」

「だったら再審請求したいです」

決意したように文乃は小さく言った。

「文乃ちゃん、熊さんの言うことはね」

「すごく難しいんでしょう？　でもやらないよりやった方がいいです。やらずに後悔するなんて、絶対に嫌だから」

千紗は大きくうなずいた。

「そうね、そのとおりかもしれない」

「千紗先生……」

「こうなったら精いっぱいやりましょう」

二人は固く手を握り合った。きっかけを作ったのは自分なのに、展開の早さに熊は目を白黒させた。

暗くなってきたので、熊と千紗は文乃を駅まで車で送っていった。

助手席の文乃がじっと熊を見つめていた。

「熊先生、千紗先生は鈍いから大変でしょう」

「え？　ええっ」

慌てて熊はブレーキを踏む。三人とも体が前のめりになった。

「あぶないよ、熊さん」

「ご、ごめん」

たじたじになっている熊を見ながら、千紗は口をとがらせた。

「なに文乃ちゃん、失礼ね。私はしっかりしてるわよ」

ふふっと文乃は笑うだけだった。

「それじゃあ、ありがとうございました」

文乃は手を振って改札口を入って行った。

「頑張ろうね」

これまで取りつく島もなかった優心に変化が起きようとしていることは間違いない。やれるところまでこつこつと地道にやっていこう。

事務所に戻ると、穴吹がテレビを見ていた。お茶を飲みながら一服しているところだった。

「ああ、おかえんなさい。先生方もおひとつ、どう?」

まんじゅうの箱を差し出しながら声をかけてきたが、千紗は返事をしなかった。視線は穴吹にではなくテレビに向けられていた。ニュースが流れている。

「死刑執行やって。嫌ねえ」

穴吹はそう言いながら、お茶をすすった。熊は蒼白になっている。

「大阪拘置所で今日、死刑が執行されました。執行されたのは八年前、高松で起きたコンサート会場爆破事件の犯人、小杉優心。事件当時十九歳で、控訴を自ら取り下げていました」

穴吹がこちらを見ながら、首をかしげた。

「どしたん? 顔色悪いわよ」

こんなことが……口元にあてた手が震えていた。

4

地裁の入り口にある花桃が、雨に濡れていた。

その部屋はひんやりとしている。暖房をつけてと誰かが言い出せばいいのに、スーパーの生鮮食料品売り場のように、空気が冷えこんでいる。

円卓を囲んでいるのは裁判官が三人、裁判員が六人、補充裁判員二人の計十一人だった。殺人事件の公判が終わり、舞台は評議にうつっている。岡山地裁の第一刑事部、その部長である日下部陶子は、無表情のまま評議の成り行きを見守っていた。

被害者を殺したことは被告人も認めている。しかし故意ではなかったと傷害致死を主張。スパナで殴ったところ被害者が転倒し、打ちどころが悪くて死亡したというのだ。この事件では被告人の悪意がことさら強調されていた。風体は見るからにやくざであって、世間の評判も良くなかった。

「ご遺族の気持ちを考えると、重く罰するべきだろう」

年配の男性が発言した。隣の席の女性がうなずいた。

「三番さんのおっしゃる通りですね。私もそう思います。謝罪文にしても、いかにも弁護士に言われたから嫌々書きましたって感じで」

裁判員たちは本名ではなく、番号で呼ばれることになっている。

「だいたい思うんですよ。あんなことをした人間が直後に反省なんかできるはずないって」

互いに共鳴するように感情的になっていく裁判員たちの話に、川井亮介《かわいりようすけ》という若い判事補が割って入った。

「情状証人の様子はどうでしたか」

裁判員制度が導入されてから、裁判官には評議をリードしていく能力が必要とされるようになった。タイミングよく質問を投げかけたり、横道にそれないよう流れを修正したりして話しあいが円滑に進むようサポートする。

「あれ、やくざの友達じゃないんですか」

「言わされてる感、あったよね」

一般的な評議では裁判長が中心になって進行することが多いようだが、陶子は陪席判事たちに任せて極力しゃべらないことにしている。

「でも皆さん、遺族感情にばかり依拠するのは問題ですよ」

一重まぶたの男が声を上げた。

「僕は思うんですよ。この世の中って何でもかんでも叩くみたいな風潮があるじゃないですか。そういうのってまずいって」

四番の男性は必罰主義になっているこの世を嘆いていた。

「必ず誰かを悪者にする。いえ、この被告人は確かに悪者ですよ。でもすぐに死刑とか言い出す無責任な連中がいる。こんなのおかしいですよ」

「あのいいですか？　さっきまでの意見と変えて」

「どうぞ、二番さん。初めに言ったように、乗り降り自由ですので」

原田豊《はらだゆたか》という老け顔の判事が応じた。意見を変えてもいいという意味だ。むしろ一つの意見に固執せず、互いの意見に耳を傾けて欲しい。

評議はそれから長く続いた。

裁判員制度ができてから十年以上が経つ。その間、陶子も多くの評議に裁判長として関わってきた。中にはかたくなに自分の意見を押し通す者もいる。だが極端な思想の者は事前にチェックされて排除されているし、評議内でも浮いていく。議論を深めれば深めるほど、多くの裁判員たちの個性は失われていく。それはある意味、健全なことだ。市民の意見を世間知らずの裁判官に思い知らせるという意気込みでのぞんできた者も、こちらがそんな隔絶した存在でないことに気づいていく。そしてたいていは陶子の予想したところへと収束していく。

「裁判長、いいですか」

「どうぞ、六番さん」

「裁判長ご自身の意見を聞かせていただけませんか」

黙って見つめ返すと、六番は顔の前で小さく両手を振った。

「あ、いえ、それに従いたいっていう意味じゃなく、あくまで参考にしたいだけなので。僕も大事なのは市民感覚だと思っていますし」

思いがけない発言にどう答えるのだろうと、原田と川井の二人がこちらを見た。陶子は一度下を向いてから、ゆっくり顔を上げた。

「六番さん、その前にお聞きします」

「え、ああ、はい」

「市民感覚って何でしょう」

陶子の問いかけに六番だけでなく、ほかの裁判員たちは少し驚いた顔を見せた。

「世論調査の結果ですか。それともSNSで多数の賛同があった書きこみのことでしょうか」

「いや、その……なんていうか」

「例えば悲惨な事件が起きたとします。その事件はそれまでの判例なら懲役刑。でもネットで見ると死刑にしろという意見が圧倒的だった。市民は厳罰を望んでいる。だからそうしなければ……これが市民感覚を反映させるということなら問題です」

陶子以外、誰もが口を閉ざしていた。

「厳罰がいけないのではありません。いけないのは人の意見に流されることです。大切なのは自分で考えること。その事件の特殊性、これまでの判例との公平性、それらを徹底的に考え抜くことです」

「…………」

「人の一生を左右することです。絶対に間違いは許されません。安っぽい義憤や同情による一億の意見より、たった一人でも、もうこれ以上考えられないというくらい死力を尽くして考えて出した意見の方がずっと貴重です」

裁判員だけではない。裁判官たちも呆気《あっけ》にとられていた。

集まる視線に陶子は我に返る。完全に皆、萎縮してしまった。やれやれ。またやってしまったか。しばらくうまく自制できていたのに。どうも感情的になりやすくなっている。今さらながらもう二度とこの場で発言するまいと思った。私がでしゃばるとろくなことはない。

やがて評議は終わった。

結果的に懲役七年に落ちついた。まあ、量刑的にも平均的というか、妥当な線ではなかろうか。

「部長、おつかれさまでした」

「原田さん、川井くん、おつかれさま」

自分の机に戻ると両手を組んで腕を伸ばし、肩を鳴らした。

裁判官室は部長である陶子の机を中心に、右側に右陪席である原田の席があり、左側には左陪席の川井の席がある。

休憩している暇はない。さっそく資料室に判決の記録を調べに行こうとすると、川井が声をかけてきた。

「部長、よろしいですか」

「はい？」

「判決書の起案で相談があるんですが」

司法官僚として出世していく野心のある者として、少しのミスも許されないという感じだろう。陶子は自分の仕事を後に回し、司法修習生に教えるように丁寧に対応する。もっと難解な質問が来るのかと思って構えたが、基本的なもので拍子抜けした。

「ありがとうございました」

「頑張ってるわね。でも判決書起案の手引にも書いてあることよ」

最後にちくりとつけ加えると、川井は少しむっとした顔になった。

「知っています。ですがマニュアルに従うだけではいい判決書は書けないのでお聞きしたかったんです。それともう一つ」

まだ何かあるのか。早く仕事をさせて欲しい。面倒くさげに陶子は顔を上げた。

「さっきの評議でのことです」

「評議？」

「少し潔癖過ぎませんか」

そこにくらいついてきたか。最高裁から来た川井の質問にしては簡単すぎると思ったが、なるほど。起案の相談はただの口実だったわけだ。

「部長は評議で絶対に間違いは許されないと言われました。でも裁判官だって裁判員だって人間ですよ。迷ったり間違えることはある。三審制だって再審制度だってそのためにあるんじゃないですか。間違いがあることが問題じゃなく、間違いがあった時にそれを正せないこと、これが司法制度の一番の問題点なんです。部長もそう思いませんか」

「議論になるわね」

冗談っぽく言った。証人尋問では議論にわたる尋問は原則として禁止されている。

「あなたの言う通りかもしれないわ。裁判員には少し言い過ぎたかもしれない。でも少なくとも私はそういう覚悟がなければ判事なんて辞めるべきだと思っている。判事にとっては何千分の一のミスでも、被告人にとっては一生のことなんだから」

「ですが……」

「まだ何かある?」

「いえ、失礼します」

川井は納得できない顔で引き下がっていった。彼の言うことはきっと正論なのだろう。分かっている。だが自分を抑えられなかった。


その日の仕事は終わった。

エレベーターでロビーまで降りる。気配もなく男が立っていてはっとした。

最近、警備員の一人が急に病気になって退職した。代わりに臨時採用されたのがきっとこの男なのだろう。書記官の話によると少し前まで警察官だったらしい。無愛想な男だがどこかで見かけた気がする。

軽く頭を下げて前を通り過ぎようとすると、警備員はこちらに気づいていないようにそっぽを向いた。その仕草と高い鼻を見て記憶が名前をとらえた。

「もしかして、ゲンちゃん？」

陶子の声に諦めたような顔をして、こちらを向いた。

「やっぱりそうだ」

四年生の時、父の転勤に伴って岡山に来た。その時に近所に住んでいてクラスも同じだった坂口玄太《さかぐちげんた》だ。いじめっ子であまりいい印象はないのだが、まあ子どものころのことだ。確か卒業文集に将来の夢、警官と書いていたことだけは覚えている。

「こんなとこで会うなんて思いもしなかったわ」

「こっちのセリフだ。トッコがいるって知ってたらこんなとこで働いてないわ」

トッコと呼ばれていたのは、岡山に住んでいた三年間だけだ。何十年ぶりかにそのあだ名を耳にした。自然と顔がほころぶ。勤務中に誰かに対して微笑んだのはいつ以来だろう。

「でもすごいね、警察官になったんでしょ？　夢をかなえたってことじゃない」

文集のことを持ち出すと、坂口は眉根にしわを寄せ、わざとらしいため息をついた。

「相変わらずだな、トッコ」

意味が分からず、陶子は小首をかしげた。

「何が?」

「あんたは昔からずっとそうだ。優等生面してどこか俺らを見下してやがる」

そんなつもりはなかったのだが。珍しく明るい気持ちだったのに、突然きついことを言われてむっとした。

「夢をかなえた? 確かに俺は警察官にはなった。だが地域課や交通課だけで終わりで、刑事にはなってない。警官ってのは刑事のつもりで書いたんだ」

確かに辞めた職のことに触れたのは軽率だったかもしれない。反省する一方でさらに記憶が戻ってきた。そういえば坂口はいつもねじけた性格だった。

「一方、あんたは裁判官。しかも最高裁にいた法曹の世界でもエリート中のエリートらしいな。それなのに出世を拒んで地方回り。弱者のために公正な裁判をって感じで頑張ってるんだろ」

確かに公正な裁判をという思いは誰にも負けないつもりだが、自分はそんなたいそうなものではない。

「名判事。傍聴人も司法記者もそう言ってたわ」

嫌味っぽく、坂口は口元を緩めていた。

なつかしさに一瞬でも再会を喜んだ自分が馬鹿だった。言い返す気力もうせて冷ややかな視線を送ると、それじゃあと言って坂口と別れた。

自宅に戻ってトレーニングウェアに着がえた。

陶子は岡山市内に一人住まいだ。司法官僚だったころは東京と地方を行き来していたが、今は実家の一軒家に住んでいる。家でできる仕事は持ち帰る主義だ。早く帰れた日は夕食前にジョギングするのが最近の習慣になっている。だがここ数日、ご無沙汰だった。久々なので体が重くなっているのがよく分かる。

ひんやりした夜の空気を吸いこむと、街灯に沿って走り始めた。

学生時代はずっと帰宅部。運動は好きではなかった。それなのにテレビの健康番組がきっかけでなんとなく走り始めたら、意外と性にあっていた。走ることがこんなに心地いいのだと四十を過ぎてから知った。

嫌なことがあっても走ればすっきりする。疲れていても休むんじゃなく、少しでも走った方が不思議と体の調子がいい。走っている最中は苦しくて何で走っているんだろうと思うこともある。だがそのまま走り続けていくと、頭がからっぽになっていく。この瞬間のために走っているのかもしれない。

家に戻り、シャワーを浴びて着替えると、車に乗った。

大きな病院が見えてくる。駐車場に車を停めて建物側に向かおうと歩道橋を駆け上がった時、スマホに着信があった。

表示されていたのは、登録していない番号だった。一瞬誰だろうと思ったが、心当たりはあった。出る前に切れてしまったので、かけ直してみる。

「はい、もしもし」

相手はすぐに出た。年配の男性の声だ。

「お電話いただいたようですが」

「日下部判事ですか。越智正平です。ああ、一番と言った方がいいですかな」

「お手紙、拝見しました」

先日、岡山地裁に陶子あての手紙があった。この越智からだ。彼のブログは地裁でも話題になっていたので見たことがある。ただ本人とは裁判後、一度も会っていない。手紙には連絡先が記されていて、お話ししたいと書かれていた。陶子は迷ったあげくその電話番号にかけてみたが、つながらなかったので放置していた。

「あれからもう八年も経ったんですな」

くせのある話し方を耳にすると、封じこめていた記憶がよみがえった。

「小杉優心に死刑が執行されましたね」

「……ええ」

やはりそうか。

このタイミングで連絡が来るということはこの件についてだろう。

「あれからね、僕らは裁判員どうしで時々会っていたんですよ。蝉の会という集まりを作りまして。それが縁で結ばれたカップルもありましてな」

そんなこともあるのか。不思議な縁だと陶子は思った。

「でもいつの間にか人が減っていって。今ではあの時死刑に票を投じたメンバーだけが残りました。別に意識して意見の違いで分けたんじゃないんですよ。自然とそうなっていって。やっぱり同じ裁判員っていっても立場が違うんですかね」

最初は補充裁判員も入れて八人だったが、今は四人だけらしい。

「今回は死刑が執行された直後です。みんなそれぞれ思うところがあるでしょう。これは同じ経験をした者でないと分かちあえない問題です。よかったらあなたのお話も聞きたくて、ダメもとで声をかけてみたんです」

「都合がつけば参加させていただきたいのですが、なかなか忙しくて……」

用件が分かれば、もうこちらとしては用はない。当たりさわりなく断って切ろうとしたが、越智が呼び止めてきた。

「裁判長はどう思っています？」

「何が……ですか」

越智は長い息を吐きだしてから答えた。

「もちろん、あの日の判断です。あの死刑評決は正しかったんでしょうか」

答えにくい質問に、陶子は口を閉ざした。

死刑か無期懲役か。

この究極の選択をしたのは人生でこの時を含めて二度だけだ。一回目は判事補になりたてのころだからもう二十二年も前のことになる。あの時も被害者が一人という事件だった。だが巧妙に計画された誘拐殺人だったこともあり、わりとすんなり死刑が決まった。それでもこれで本当にいいのかという疑問は判決後も常につきまとっていた。

八年前の評議では裁判員たちはどうだったろう。誰もが真剣に議論し、精いっぱい悩み苦しみ、出した結論が死刑だった。少なくとも自分はそう思っている。

死刑の判断で指標となるのは、一九八三年に最高裁が二審の無期懲役判決を棄却した際に用いられた永山基準といわれるものだ。

一、犯行の罪質
二、動機
三、犯行態様、残虐性、執拗《しつよう》さなど
四、結果の重大さ。特に殺害被害者数
五、遺族の被害感情
六、社会的影響
七、犯人の年齢
八、前科
九、犯行後の情状

もっともこのすべてを満たさなければ死刑にならないという単純なものではない。実際は総合的に判断して決められるし、誘拐殺人などは被害者の数が一人でも死刑判決が出る場合が多い。それでもこの基準は裁判員裁判が行われるようになった今も通用している。

「裁判長はどうして死刑に票を投じたんですか」

問いかけられて、言葉につまった。それは事実だ。だがどうして越智が知っているのだろう。

「すみません。隣の席だったのでついのぞき見てしまったんですよ」

それはマナー違反だと思うが、あっさり謝られると何とも言えない。この調子であのブログもつづられていたのだろう。評議の場は選挙のように衝立《ついたて》はない。挙手だと周りが気になって手を上げにくいので付箋に書くように配慮はしたのだが、手元を見ようと思えば見えるだろう。もっと言うなら付箋をホワイトボードに一枚一枚貼っていくので、筆跡を見れば誰が書いたか推測できるかもしれない。

「あの時、ほかの二人の裁判官は無期懲役でした。あなただけが死刑だった」

「……すべてを考えた上です」

「それは分かっています。僕が聞きたいのは、あなたが最後の決断をした理由なんですよ。ぎりぎりまで迷われていたでしょう？」

そんなことまで見抜かれていたのか。熟慮。確かにこれまでで一番深く考えた評議だった。

「僕はね、今になってあの判断は間違いだったと後悔しているんです」

越智はため息まじりに言った。どういうことなのだろう。あれほど強気なブログを書いていたのに、いざ死刑が執行されるとショックで心境が変わったのだろうか。後ろめたい気持ちを打ち消して欲しくて、こうして陶子に電話してきたのかもしれない。そう思ったが、次の言葉でそれは否定された。

「あの時に戻れるなら、僕は死刑と書いていない。絶対に」

心が少しざわめいた。越智は何故こんなに自信をもって断言できるのだろう。だがどうしてなのか問いかけることもできずに口を閉ざす。しばらく沈黙が流れた。

「すみませんね、裁判長、こんな愚痴を聞かせてしまって」

「いえ、いいんです。それより集まりに出られなくてすみません」

「まあ、そう言わず、お時間ありましたら来てくださいな。場所は高松駅から歩いて二分ほどのところにある『café パナリ』ですので」

待ち合わせの日時を念押しして伝えると、越智は失礼しますと言って通話を切った。

あの時、死刑を一番強く主張していたのはこの越智だった。若い判事補が量刑グラフを提示して、永山基準についても説明する中、市民感覚が大事だと言って声高に死刑を主張したのだ。越智の主張は最後まで一貫してぶれなかった。そんな彼が今になって間違いだったと言いきるとは考えもしなかった。何か理由があるのだろうか。

スマホの電源を切ると、そのまま歩道橋を降りて病院の中に入った。

老いた父がここに入院している。一年近く前、脳梗塞で倒れてから意識は戻らない。エレベーターで病室に向かう。酸素マスクに点滴。父が横たわっている。ここしばらく来られなかった。変わらぬ姿を見てまずはほっとする。

「ねえ、お父さん」

病院の椅子に腰かけ、語りかける。もう年だから自分は運転すべきではないと運転免許を返納した三日後、父は倒れた。医師には意識が回復するのは厳しいだろうと告げられている。

「私が裁いた八年前の事件のことだけど。今まで聞いたことなかったよね。お父さんはあの死刑判決、どう思った」

問いかけるが、返事があるはずもない。父の寝息だけが聞こえている。

「私は命がけで裁いたつもり。でも死刑か無期懲役か最後まで決められなかった」

父にこんなことを語りかけるなんて、らしくない。越智からあんな話を聞かされたせいだろうか。つい誰かに聞いてもらいたくなった。父に意識があった時はこんな話はしなかったのに。

父もまた裁判官だった。各地の地裁を転々とし、異動のたびに陶子も母と共について行った。岡山にいたのは小学校の時の三年間だけだった。それでも父は気に入っていたようで引退後、市内に小さな一軒家を構えた。

父は裁判官になるためだけに生まれてきたような人だった。出世とは程遠くても個々の裁判を決してゆるがせにはしない。品行方正で贅沢《ぜいたく》もしない。冗談の通じないところがあって、いわゆる市民感情が理解できない裁判官の典型であるように思う人もいただろう。幼い陶子の目から見ても確かに笑わない人だった。だが犯罪者や弱者の心理を理解しようと研鑽を怠らない人だった。もっと人の心が分かるようになりたいと引退した後まで言っていた。

「じゃあね、また来るから」

陶子は微笑んで病室を後にする。

もう二度と言葉を交わすことはできないのだろうか。あの事件、もし父が陶子の立場だったならどう裁いただろうか。そんな思いが頭をよぎる。

背を向けて廊下に出ようとした。

――死刑はない。

声が聞こえたような気がして振り返る。父が意識を取り戻したのか。一瞬そう思ったが、気のせいか。

病院を出る。陶子は歩道橋の上から夜空をただ黙って見上げた。

登庁すると、裁判官室へ向かった。

裁判官の出勤時間は遅い。開廷が通常は午前十時からなので九時くらいに裁判所に着けばいい。朝の苦手な自分のためにそうしてくれているのかとすら思うほどだ。

男子トイレの前を通りかかった時、声が聞こえた。

「だからさ、あの人に何言っても無駄だって」

右陪席判事、原田の声だった。

「僕もあんなに頑固だとは思わなかったですよ」

若い声は左陪席判事補の川井だ。どうやら陶子の噂《うわさ》で盛り上がって、声が大きくなっているのに気づかないようだ。思わず足を止めて立ち聞きした。

「部長が優秀なのは分かるよ。でも何かあの人、誰も寄せつけないじゃん」

「そうですね。完璧過ぎて人間味を感じさせないというか」

「エリートの私、かっこいい……みたいに酔ってんじゃないの」

いつも陶子にこびへつらうようにしている原田が笑っていた。

「部長って独身ですよね。やっぱりって感じですけど」

「結婚できない。子どももいない。仕事ひとすじってか。誤判とかがあったり、裁判官を辞めてしまったりしたらあの人、どうなっちゃうんだろな」

　指先が冷たくなるのを感じて、両手を握りしめた。人間味がない？　私だってこれまでの人生、悲しんだり苦しんだりしてきている。自分には仕事しかないけれど誇りをもって必死に頑張っている。言い返したくなる気持ちをぐっと飲みこんで裁判官室へ向かった。

　かげ口は子どもの頃から慣れている。嫌な思いを仕事に持ちこんではいけない。気にするなと自分に言い聞かせて、新件の起訴状に目を通す。何てことはない傷害事件のようだが、自分の判断で人の一生を左右してしまうのだ。しっかりと事件の大枠をとらえようとしていると、書記官から声がかかった。

「部長、ふじおか法律事務所の藤岡先生からお電話です」

　久しぶりに聞いた名前だ。だがそのベテラン弁護士は高松が拠点だったはず。どうして岡山地裁の私に？

「つないでください」

「分かりました」

　受話器を通して声が聞こえてきた。

「日下部判事ですね」

もう六十近いはずだが、思ったより若い声だった。

「ええ、そうです。藤岡先生、どういったご用件ですか」

問いかけると、しばらく間があいた。電波が悪いのだろうか。もう一度、問いかけようとしたらようやく言葉が返ってきた。

「すみません、判事、私は藤岡弁護士じゃないんです。新田《にった》といいます」

意表を突かれ、陶子は言葉を失った。

「あなたとどうしても話がしたかった。でもどうやってあなたに連絡を取ったらいいのか分からなくてね。悩んだあげく、申し訳ないが藤岡弁護士の名を使わせてもらったんですよ。どうかご容赦願いたい」

気味の悪さにすぐさま電話を切ろうと思ったが、思い直してとどまった。ここまでして自分に話があるとは、どういうつもりなのだろう。

「実は先日、死刑執行された小杉優心のことでお話があります」

陶子は受話器を握る手に力を込めることで、出かかった声を抑えた。

「あなたはあの死刑判決が正しいと、今も自信をもって言えますか」

見知らぬ男の声に昨日の越智の言葉が重なる。いったい誰だ。少なくとも八年前の裁判員ではない。あの評議、新田という男はいなかったはずだ。黙っていると、相手は電話番号を一方的に伝えてきた。今は勤務中で迷惑だろうから改めて連絡が欲しいと言って電話は切れた。

突然の出来事にとっさにメモは取れなかったが、電話機の履歴ボタンを押すと携帯の電話番号が表示された。新田というのは本名だろうか。藤岡の名をかたっていたくらいだから、怪しいものだ。

「裁判長、時間です」

原田に言われて、ゆっくりと顔を上げる。

「ええ、行くわ」

原田と川井と共に、裁判官用通路を通っていく。

頭を切り替えなければ。心を乱されてはいけない。あの死刑評決は正しい。そう……私は公正な裁きをしたのだ。間違いなどあるはずがない。

5

起きると、冷めたお茶をゆっくり飲みほして深呼吸した。

久しぶりに眠りが浅い。雨は降っていないが、灰色の雲が空を覆っていた。いつもよりご飯を少なめに茶碗《ちゃわん》によそった。朝食をすませると喪服に着がえる。

「千紗、今日も遅くなるん？」

「ううん、仕事は休みにしてもらっとる。お葬式に行くだけやけん、帰りは早いよ」

「傘、持っていった方がええね」

母が言う前に千紗の傘が店先に置かれている。父が用意してくれたようだ。暖簾《のれん》をくぐり、行ってきますと言って、岡山へと向かった。

小杉優心に死刑が執行された。

ついこの間、言葉を交わした相手が今はもういない。ひょっとすると自分が彼にとって最後に会いに来た人間だったのかもしれない。あれから文乃はどうしているだろう。電話をかけてもつながらない。これからというところで結局、何もできなかった。本音を聞き出すことも、遺族に謝罪することもかなわぬまま、彼は逝ってしまった。

死刑はいつ執行されるか予測ができない。だが文乃と二人、優心の心を開こうと動き始めたばかりだったから、その先の未来がこんなに早く閉ざされるとは思ってもみなかった。彼とは一度会っただけだし、涙は出ない。被害者のことを思うと、死刑囚の死をいたむことは後ろめたさのようなものも感じる。それなのに重く広がっていくこの鉛のような感情は何なのだろう。

清音駅で降りてしばらく歩くと、石段を上った。寺の奥にこでまり園が見える。降り出しそうだった雨がとうとう降ってきて、寺の瓦屋根を叩いている。

お寺では小杉優心の葬式が行われていた。

参列者はほんの数人だ。

世間の目や被害者側の感情を考慮してか、隠れるようにひっそりと執り行われている。自分は寺の住職から連絡を受けたので、こうして駆けつけることができた。

式場では制服姿の少女が一番前にちょこんと座っていた。文乃だ。身動き一つせず、近づいても千紗のことは目に入っていないようだった。

お棺には小杉優心の亡骸《なきがら》が納められていた。

首に絞首刑の縄の痕らしきものが残っていて、思わず目をそらした。千紗は焼香をすませて彼が成仏することを祈るしかなかった。

雨が降る中、遺体は火葬場に運ばれて焼かれた。

死刑囚の遺体は通常、拘置所で葬られるという。親族がいてもひきとりを拒む場合が多いらしい。小杉優心の場合はこでまり園を経営するこの寺の住職がひきとったようだ。

やがて真っ白なお骨《こつ》が出てきた。

文乃は千紗が来ていることにもう気づいているようだ。だが何と声をかけたらいいか分からず、少し離れたところから様子を窺《うかが》うしかなかった。文乃は少しも泣いていない。誰ともしゃべらず、人形のようにつっ立っているだけだった。

「文乃ちゃん、何と言えばいいか」

初めて目が合ったので声をかけると、文乃は小さく頭を下げて離れていった。事務所で会ったときはあんなに生き生きとしていたのに、魂をどこかに置き忘れてきたようだった。

「松岡先生、ですな」

住職が声をかけてきた。眉毛が白く太く、年齢はもう八十歳くらいだろう。千紗ははいと返事した。

「雨の中、すみませんな、突然だったのに来てくださって」

「いえ、こちらこそ、呼んでいただけてよかったです」

「昨日になって、文乃があなたのことを私にだけ教えてくれたんです。あの子が弁護士に相談していたなんて、言われるまでちっとも気づきませんでした。優心にも会いに行ってくださったようで」

千紗は黙ってうなずいた。

「うちの子たちがお世話になりました。優心と文乃が最後につながることができたのは先生のおかげです」

「いえ、私は何もできませんでした」

首を横に振りつつ、千紗は文乃の方に目をやった。住職も同じように視線を向ける。文乃はここではないどこか遠くを見つめているような顔だ。

「ずっとあの調子なんですか」

「ええ、もっと泣き崩れるかと思ったんですが」

いっそ声を上げて泣くことができたらいいのかもしれない。それができない彼女が心配だった。

「遺体を引きとることもこの葬儀もみんな反対したんですよ。でもね、どんな罪人でも死んで仏さんになったらみんな同じ。ちゃんと供養してやりたいって私は押し切ったんです」

住職はため息をついた。

「人はつながりがなくなって孤立していくと、他人の悪意だけがよく見えてくるものです。子どものように精神が未発達な場合は特にそうでしょう。被害者意識だけが暴走し、他人の優しさが全く見えなくなってしまうことがある」

小杉優心が凶行に走った理由を推測した言葉なのだろうか。それは当たっているのかもしれないが、まるで頓珍漢なのかもしれない。生きてさえいれば彼の本心がいずれ明らかになったかもしれないが、もう確かめるすべはなくなった。

「ところで松岡先生」

「はい？」

「お呼びしたのはもう一つ理由がありまして。実は優心の遺体をひきとる時に一緒に遺品も渡されましてな」

どんなものだろう。少し気になった。

「まあ、鉛筆やらノートやらちょっとした私物なんですがね。その中に手紙のようなものがあったんです」

「手紙？　小杉さんが書いたものですか」

住職はそうですとうなずいた。最近書かれたものだという。刑務官の話によると、それまで文章を書くことなどなかったそうだ。

「拝見してもよろしいんですか」

「もちろんです。そのために来ていただいたんですから」

こちらですと言って、住職は紙切れを差し出した。

――被害者にあやまりたい。なんでもっと早くこうならなかったんだろう。何でこんなことをしてしまったんだろう。もしあやまれるなら、そうしたいです。

小さな文字でつづられた短い文章だった。書いては消したあとが残っている。これは下書きなのだろうか。誰にあてて書こうとしていたものなのか。もしかしたら千紗を通じ、被害者遺族に謝罪したいと思っていたとも考えられる。

「文乃ちゃんはこの手紙を見ましたか」

「ええ。これを見て、あなたのことを教えてくれたんです」

千紗は胸がしめつけられる思いがした。文乃も同じことを考えたのだろう。

きっと小杉優心の中には良心の種があったのだ。だがこれまで土の中深く眠っていて、育つことはなかった。そんな時文乃が光で照らした。彼女に言われて千紗が水を注いだ。今まさに土から芽が顔を出し始めたところだったのだ。だがこの育ち始めた小さな芽は早々に摘み取られてしまった。

もし死刑が執行されず、彼が生きていたらどうなっていただろう。この思いはもっと深くなり、激しい後悔と贖罪《しょくざい》の念を表すことができていたのだろうか。

「松岡先生、この手紙、どうすればいいでしょうか」

住職は問いかけてきた。千紗はもう一度、手紙を読みながら考える。

しばらく考えてから、千紗はゆっくり顔を上げた。

「ご住職、小杉さんの両親はご存命なんですか」

問いかけると、住職はため息をついた。

「母親はずっと前に亡くなっていますが、父親はまだ存命のはずです。ただずっと連絡が取れないので」

「念のため、私が届けに行ってきましょうか」

「よろしいんですか」

父親に電話はつながらないが、住所は分かっているらしい。とはいえ長く連絡が取れなかったというし、今もそこに住んでいるとは限らない。

「文乃ちゃんにはまた会いに来るとお伝えください」

言い残して、式場を後にした。

午後になっても、雨は降りやまなかった。

小杉優心の父親、優教《まさのり》は倉敷に住んでいるという。

鞄には小杉優心の遺した手紙が入っている。念のために住職に聞いた番号に電話してみたが、使われていない番号になっていた。

藤岡弁護士に聞いた話によると、小杉優教はかつて不動産業で成功していたらしい。東京や大阪など大都市を中心にいくつも賃貸物件を所有していたそうだ。しかし急に経営が悪化、妻の死も重なり、一人息子に暴力を振るうようになっていく。それはひどいものだったらしい。衰弱するほど痩せていて、全身あざだらけ。刃物で切りつけられた痕もあったという。近所の住民がこのままだと殺されるということで通報、保護されたらしい。

小杉は警察から事情を聞かれたらしいが、逮捕もされず刑事罰は科されなかった。起訴されていればおそらく懲役刑だったのではないかということだ。

雨の中、駅からだいぶ歩いて、ようやく目的地まで来た。工場近くにある住宅地に、小杉という表札を見つけた。

ボロボロの一軒屋だった。洗濯物が物干し竿《ざお》にかかっている。どうやら人がいるようだ。死刑囚の親。息子に死刑が執行されたことは当然知っているだろう。今、どういう気持ちでいるのか。

車を停めると、インターホンに指を伸ばした。

「はい、どちらさま」

年配の男性の声が聞こえた。

「松岡と言います。弁護士をしています」

カチャリとロックが外れる音が聞こえた。

「どういう用件ですか」

出てきたのは、眼鏡をかけた銀髪の男性だった。ひどい虐待をしていたと聞くが、見た目は柔和な顔立ちの初老の人だ。

「小杉優教さんですよね」

「そうですが」

用件は単純だったが、意外と切り出すのが難しい。思わず口ごもってしまった。言葉より先に手紙を差し出す。

「さきほど、葬儀が行われました。ご迷惑かもしれませんが、これをお渡ししようと思いまして」

「どういう意味？」

きょとんとした目だった。

「小杉さん、これは息子さんが書いていた手紙です」

そこまで説明して初めて小杉の表情が変わった。眉間に深いしわが寄って、小さく開いた口から嚙《か》み合《あ》わされた歯がのぞいている。ただし声は漏れなかった。

「私は息子さんの弁護を依頼されていました。再審請求に向けて動き出したところだったのですが、その前に死刑が執行されてしまって。彼はひどいことをしました。反省の態度も見せなかった。ですがその心は変わりつつあったんです。あなたにもそのことを知ってもらいたくてこの手紙を持参しました」

「…………」

途中から全く言葉が返ってこなくなった。

小杉は手紙をじっと眺めていた。

「申し訳ありません。いきなり押しかけて。ただ連絡がつかなかったので」

自己弁護しつつ、父親と向き合っていると、複雑な気持ちになってきた。もとはと言えばすべてはこの父親のせいだ。彼が虐待などしなければ小杉優心も罪を犯すことなく、誰も死なずにすんだのではないか。

そう思った瞬間、小杉は手紙をこちらに突きつけてきた。

「今さらこんなもの、なんで持ってきた」

その手が震えていた。

「こんなやつは俺の子じゃない！　帰れ」

「小杉さん」

「さっさと帰れって言っただろ！」

大声を上げると、小杉は手紙を破り捨てた。

「何をするんですか」

千紗は二つに裂けた手紙を拾い上げる。小杉は千紗を押しやると、バタンと扉を閉めた。

「……どうして」

雨の中、玄関の扉をきつく睨む。だが怒りより悲しみが勝っていた。小杉優心のしたことは悪だ。それはどうやっても償えない。だが死んでなお、実の親にこんな扱いをされるのか。彼は何のために生まれてきたのだろう。

うなだれながら駅まで歩いていく。合羽を着た集団下校の子どもたちが、楽しそうに水たまりで遊んでいた。

6

カーテンを開けると、雲一つない青空が広がっていた。

天気とは裏腹に心は晴れずにいる。仕事に追われるまましばらく頭の隅に追いやっていたが、考える余裕が出てくると気になって仕方がない。

それは新田という男からかかってきた電話のことだ。

連絡先の番号はスマホに登録しておいた。あんな怪しい電話、このまま無視した方がいいのかもしれない。だがどうしても気になる。陶子は思い切って電話をかけてみることにした。

コール音がする。だが何回鳴らしても相手は出なかった。変に緊張したが、出ないのなら仕方ない。いたずらか何かであの一回きりだったのかもしれない。少しほっとしてスマホをしまった。

一つ胸のつかえが取れたことで、もう一つのつかえも何とかしたい気持ちになった。それは元裁判員、越智からの電話だ。どうして彼は間違いだったとあんなに強く言っていたのか。それもずっと気になっている。新田といい、越智といい、最近、妙な電話が続く。それも八年前の死刑評決がらみだ。

カレンダーを見る。そういえば越智から誘いのあった集まりは今日だ。陽《ひ》ざしも温かく、二月にしては寒くはなさそうだし四国まで行ってみようか。

洗濯物を干し終わり、電車で向かったのは高松だった。

途中で花屋に寄り、駅を出てしばらく歩いた。駅前の広場で足を止める。ここは事件のあったところだ。新しい時計台があるところには今も花が供えられている。陶子も花を供えてから手をあわせ、ここで犠牲になった谷岡唯斗のために祈った。

「さて、行こうか」

集合場所は駅からすぐ近くのカフェ。越智には行かないと言ったままだったが、飛び入りで参加もできるだろう。とりあえず中に入ってみた。集合時間にはまだだいぶ早いので、案内されるまま隅っこの席に腰かけると、カフェラテを注文した。隣の客は新聞を読んでいるようだが、衝立があって見えにくい。各席が半個室のようなつくりで居《い》心地が良い店だ。

やがて入り口のドアが開いて四十歳くらいの眼鏡の男性が入ってきた。満員電車に乗れば、同じ車両に五人くらいはいそうな顔だ。だがスーツの襟元に見覚えのあるバッジが光っている。あれは裁判員バッジだ。

「二番さんも遅刻ですか」

おかしな呼び方に男性は振り返る。後ろには同じく来たばかりらしい背の高い青年が、息を切らして立っていた。

「村上《むらかみ》さん、またバッジしてきたんだ」

「なんとなくね。こんな時にしかつける機会ないし」

ようやく思い出した。村上孝宏《たかひろ》というサラリーマンだ。村上はこれみよがしに、一円玉のようなピンバッジを見せた。裁判員や補充裁判員として評議に参加するともらえる記念品だ。輪が二つ重なったようなデザインになっている。

「吉沢《よしざわ》くん、金髪やめたの？　誰だか分かんなかった」

「もう若くもないんで、いつまでも馬鹿やってられませんし」

ああそうだ。彼は裁判員番号六番、吉沢一輝《かずき》という青年だ。

吉沢は長袖シャツを二の腕までめくって見せた。あの夏の日、何時間も見せられた蜘蛛のタトゥーが消えていた。

「村上さんはジム通い、続いているんですか」

「もちろん。今日は会が終わったら夜までずっとやるよ。次の会ではマッチョになってみんなを驚かすつもりだ」

二人はそろってこちらにくる。視線が自分に向けられている。そんな気がして陶子は軽く頭を下げて、口元を緩めた。

その瞬間、衝立の向こうから大きな声が聞こえた。

「二番さん、六番さん、こっちこっち」

束ねた銀髪が揺れた。立ち上がって声をかけたのは、越智正平だった。二人は呼ばれるまま、衝立を挟んで陶子の隣の席に合流した。

何てことだろう。隣に越智がいたのか。ずっと隣にいたのに全く気づかなかった。どうやら集合時間を間違えてしまったのかもしれない。完全に出るタイミングを失ってしまった。陶子は自分の失態に穴があったら入りたい気持ちになった。来ることをちゃんと電話で伝えておけばよかった。

いや待て、むしろ好都合かもしれない。店内はジャズが静かに流れているだけだ。内容が内容だけに小声になるが、三人の話は聞こえる。見ようと思えば隙間から少しだけ様子も窺える。卑怯《ひきょう》にもこのまま盗み聞きしようという思いに駆られた。

「そういや、四番さんはどうしたの？」

「ああ、家内は出産を控えて里帰りしててね。来られなかったんです」

四番は大人しい感じの女性だった。そういえば裁判員どうしで結婚した者がいると越智が言っていた。村上とその女性のことだったようだ。

しばらく近況報告のような何でもない会話が続いたが、一息ついたところで越智が本題を切り出した。

「小杉優心に死刑が執行されましたね」

二人とも無言のまま、うなずいた。陶子もカップを持つ手を止めて、耳を澄ました。

「いつかは来るって分かっていたからな。でもやっぱりショックだった」

口を開いたのは吉沢だった。

「ウチもそうです。家内は明るくふるまっているけど、私たちが殺したのかしらって何度もしつこくしゃべりかけてくるんです。今日も本当は来たかったみたいだけど、はじめての出産なんで」

村上が同調し、越智は大きくうなずく。もう一度吉沢が口を開いた。

「前にも話したけど、俺は最初、死刑しかあり得ないと思ってたんだよね。ごちゃごちゃ話してないでさっさと死刑に決めちゃえばいいのにって感じで。でも実際、評議が続くと、あれ？　これって死刑でいいのかなって悩みましたよ。最後まで決めきれなかった」

吉沢の言葉に村上はうなずいた。

「私も悩みました。こんな選択できないって感じでしたよ。後で聞きましたが家内もやっぱり死刑、いや無期ってころころ考えが変わっていったって。付箋も何度も書き直したって言ってました。まあ、最後はご遺族のことを思って……みたいな感じで決めたそうなんですけど。ストレスで湿疹《しっしん》が出たの、人生であの時だけらしいです」

「越智さんはどうなの？　最初からずっと死刑って言ってたから迷いがなかったのかな」

吉沢に問いかけられ、越智は黙りこんだ。

「そういえばブログにあれこれ書いてるけど、死刑の決め手については何も語ってないですよね。というか蟬の会でも聞いたことがない」

越智は少し間をあけてから口を開く。

「僕はね、ダイスを転がして決めたんだ」

「……ダイス？」

「ああ、これだよ」

越智は金色に光るサイコロをとり出した。よく見ると六面体ではなく十二面体だ。

「僕は若いころ、画家になりたくてスケッチしながら世界中を旅して回っていたんだ。貧乏旅行だったけどね。これはその時、エジプトの露店で買ったんだ」

越智は十二面のダイスを手のひらでころころと転がした。

「それから長いこと会社勤めをしていたが、もう一度本気で描きたいという欲求が抑えられなくてね。脱サラして画家としてやっていくか悩んだ時も、このサイコロで決めたんだ」

奇数なら画家を目指す。偶数ならそのままサラリーマンを続けていく。越智はそう決めてダイスを転がしたのだという。

「おかげで今も何とかやっていけている。一度きりの人生、後悔しなくてすんだ」

それ以来、越智はこのダイスを幸運のお守りだと思って大切にしているらしい。

「あの評議の時もそうだった。私は見栄っぱりなんだろうな。死刑だと強く言ってはいても、実際には二つの意見が心の中で激しく対立していたんだ。死刑か無期か……決められない。色々な人の思い、意見のどれもが私には切り捨てられない。選べなかった。あの少年、小杉優心に死を突きつけるべきなのかどうか……」

「まじ？　それでダイスを」

吉沢は目を瞬《またた》かせ、にやりと口元を緩めた。

「ああ、そうだ。トイレに立った時にこっそりと。奇数なら死刑。偶数なら無期懲役。出た数字は九だった」

記憶がよみがえった。そういえば村上の申し出で、最後の評決の直前に休憩をはさんだ。なるほど、あの時に越智はそんなことをしていたのか。

「だが今になって後悔しているんだよ。自分の人生ならダイスに託すのもそれでいいが、いくらひどいことをしたとはいえ人の命を左右する選択だった。本当に自分が情けない」

涙声になっていた。どうやら越智はこの決断のことをずっと誰かに聞いてもらいたくてたまらなかったようだ。誰もがしばらく口を閉ざしていたが、やがて村上が襟元につけた裁判員バッジをいじりながら言った。

「私は越智さんが情けないとは全く思いませんね。死刑か無期懲役かなんて真剣に考えれば考えるほど決められなくても当然なのに、逃げられない。どちらかに決めなくちゃいけない。だったら運を天に任せる。それを責めることはできませんよ」

村上が慰めたが、越智は納得できない様子だった。

「そうじゃない。私は本当に……」

越智はうなだれていた。裁判員として人の生と死に関わるのは生半可なことではない。それなのに自分の意思とは関係なく、ある日突然任命されるのだ。日頃、裁判員たちに厳しいことを言っているが、越智の気持ちは分からないではない。

そう思った時、テーブル上のスマホが震えた。新田という男の番号だった。

あわててスマホを取り落としそうになるのを、すんでのところで持ち直す。隣の席の様子を窺いつつ、さりげなく化粧室に向かう。のどが急速に渇いていく。つばを飲みこむと、「応答」をタップした。

「はい、もしもし」

「判事の日下部陶子さんですね」

聞こえてきたのは若い男の声だった。藤岡弁護士の名をかたり、裁判所で聞いたのと同じだ。陶子はそうですすと答えた。

「新田さん、ですね」

「はい」

「小杉優心の事件のことで話があるということでしたが、どういったことでしょう」

陶子は自分から切りこんだ。

「判事さん、あなたはあの死刑判決についてどう思われているんですか？　絶対に間違いはなかったと今でも言いきれますか」

新田は前の電話で語ったのと同じことをくり返した。

「徹底的に話しあった結論です。裁判は公正であり、死刑は妥当でしたよ」

「命をかけてそう言えますか」

当たり前です。即答しようと陶子は口を開きかけたが、言葉を発することはなかった。おかしい。この男は何故ここまで強く迫れるのだ。何か私の知らないことを知っているのだろうか。

「これから会えませんか」

「これから……？」

「ええ、どうしてもお見せしたいものがあるんです」

陶子はスマホを耳にあてたまま、黙りこんだ。

「これを見た上で、それでも小杉優心は死刑になるべきだったのかあなたにお聞きしたいんですよ」

何だ。いったい何を見せたいというのだ。怖《おそ》れはあるが、断ることはできなかった。私はどうしても知りたい。知らなくてはいけない。

「午後八時でどうです？」

「……分かりました」

新田は一方的に会う場所を指定して、通話を切った。

席に戻ると、蟬の会の三人の姿はなかった。テーブルの上には空のコーヒーカップと一緒に、何か光るものが転がっている。越智のサイコロだろうか。そう思って近づいて見るとそれは村上の裁判員バッジだった。忘れていったのか。なんとなくそのまま放っておく気にもなれず、陶子はそれを拾い上げた。

高松を出て一旦岡山の自宅まで戻り、車で待ち合わせ場所に向かった。指定されたところは、清音駅前だった。パーキングに車を停めた。時刻は午後八時前。とっぷりと日は暮れ、寒い。一度帰ってダウンジャケットをはおってきてよかった。新田が陶子に見せたいものは何なのか……思考はその一点に向く。死刑判決が誤りで、その根拠があるとでも言いたげだった。

陶子はあの時の評議を思い出す。確かに死刑か無期懲役か、微妙なラインだった。言いかえれば、死刑判決はあり得ないと言いきれる判断材料はなかったということだ。どんなものが出てくれば、判決が誤りだったという決定打になりうるのだろう。あるのか、そんなものなど……。

——ない。どう考えても。

そう思った瞬間、携帯が振動した。すぐに通話ボタンを押す。

「はい、日下部です」

少し遅れて声が聞こえた。

「ああ、もういらっしゃってるようですね。見えていますよ」

通話は切れた。

あたりを見渡すと、ちらちらと光が揺れていた。バイクのライトだ。誰かがバイクに乗ってこちらに向かってくる。フルフェイスヘルメットをかぶっている男が、バイクを停めて手招きしている。後について来いということのようだ。

後について田園を抜けて行くと、角を曲がったところにバイクが停まっていた。坂の上の方へと石段が続いている。

見上げると、男がその石段を上っていくところだった。陶子も後を追った。どういうつもりなのだ。暗がりに少しためらうが、ここまで来て後には引けない。

急な石段を上り切ると、寺の方を見ている男がいた。

「あなたが新田さんですか？　お話とは何でしょうか」

陶子が話しかけると、男は口元に笑みを見せた。月明かりでほのかに見える。新田は思っていた以上に若い。まだ二十代半ばくらいか。茶髪にピアス。あごにだけヒゲを生やしている。

「小杉優心に対する死刑判決のことで伝えたいことがありまして」

「どういうことです？」

「この清音寺には施設がありましてね。ほら、そこです。こでまり園という児童養護施設ですよ。小杉優心はここで育ったんです」

指さす先には白い建物が見えた。外には遊具がある。

「前置きはいりません。私に見せたいものって何ですか」

公判で弁護人や検事をせかすように問いかけた。新田は威圧するような三白眼。どういえばいいのか、被告人席でよく見かけそうな顔立ちだった。

「俺は小杉優心とは知りあいでも何でもありません。けどあの時、たまたまコンサートに行っていたんです。あの悲惨な現場にいました」

思わぬ答えだった。嘘か本当かは分からない。

「まあ、正直コンサートなんてどうでもよくて、ファンの女の子をひっかけようとしていただけなんですが、これが全然ダメでしてね」

新田は笑いながら、建物を指差した。

「そこのこでまり園、小杉優心が育ったところで、彼に思いをはせながらぜひ聞いてもらいたいと思いまして」

陶子はこでまり園を見やると、視線をすぐに新田に戻した。

「俺はあの事件の全てを見ていました」

新田はスマホをとり出して操作し始めた。

「この動画を見てもらえますか」

スマホを手渡された。

いきなり大きな歌声が聞こえた。画面には人気アイドルグループが屋外で歌う様子が映し出されている。あの頃、現場の映像はいくつかニュースでも取り上げられていた。どんな証拠も見逃すまいと、陶子も徹底的に目に焼きつけるようにくり返し見た。だがこれは見たことのない映像だ。

「最初はコンサートに夢中になっている女の子たちを盗撮していたんです。ですが変な奴がいることに気づいて、何気なくそっちにスマホを向けたんですよ」

コンサート会場の隅の方には一人の少年がいた。

「判事さん、この少年は小杉優心でしょう」

言われて画面を可能な限り拡大した。細身の少年。アメリカ国旗のプリントされたTシャツは当時着ていたもので、顔もよく見れば間違いない。画像が粗いが間違いなく彼だった。何かをちらちら見ているかと思うと、ある瞬間、立ち上がった。駆け出してどこかへ向かおうとしている。熱狂で聞こえにくいが、何か言っている。

――そこから離れろ！

かすかに、それでいて確かにその声が聞こえた。

優心は走った。スマホの映像はそれを追いかけていく。

揺れる画面の中、もう一度、離れろ！　そう叫んだ。映像は叫んでいる方向をとらえる。その先は時計台だろうか。そこに誰かがいるのがわかった。背が小さい。おそらく谷岡唯斗。被害者の少年だ。

映像はまた優心をとらえる。反対側から来た若い男とぶつかった。

優心とぶつかった一人の青年が彼をつかまえ、何か言っている。謝れと言っているのだろうか。だが優心は相手にせず、どこかへと向かおうとしている。青年とその仲間は優心をつかまえ殴った。倒れたところに蹴りが入れられた。

しばらくして青年たちは去っていった。

優心はよろめき、腹を押さえながら叫んでいる。離れろ！　時計台のところにいる少年に向かって叫んだ。スマホ映像は優心と谷岡唯斗を交互にとらえる。だが声は届かないようだ。

――離れろ！　早く！

その瞬間、爆発音が響いた。

黄色っぽい煙が立ち込める。叫び声とともに混乱する人々、倒れ込んだ優心。そこで動画は終わっていた。

陶子は言葉を失いながら、画面を見続けた。そこにあったのは思いもよらない真実だった。事件前や事件直後の映像はいくつも見たが、爆発までのすべてをとらえた映像は初めてだった。

「どうです？　判事さん」

黙りこんだ陶子に新田は問いをぶつけてくる。

「小杉優心は確かに人殺しですよ。ただし防犯カメラの画像がすべてじゃないってことがあなたにもわかったでしょう」

言葉が出てこなかった。

死刑にすべきかどうか。これはもうそういう次元の話ではない。どうして？　その問いが頭の中をぐるぐる回っている。どうしてこの可能性に気づけなかった。どうしてもっと彼の言葉を聞き出そうとしなかった。どうして死刑にしてしまった……。

だがそんな次から次へとわき起こってくるどうして？　の中から、たった一つのどうして？　が突き抜けた。

「どうしてあなたは今になってこの動画を？」

陶子の問いに、新田は満足そうに微笑んだ。

「トモヤの言うとおりだった」

つぶやくような声が聞こえた。陶子はトモヤとくり返す。

「最初はテレビ局に売ろうかと思いました。でもせっかくのチャンスだ。ベストを狙いたい。そう思いながら小杉が鬼畜としてネットやテレビで叩かれているのを見ていると、面白いことを思いついたんです」

新田の目や口元はこらえようもなく笑っていた。

「もし小杉優心が死刑を執行されてから、この動画が出てきたらどうなる？　きっと困る人間がいるだろうなって。そういう人間からなら、いくらでも金がとれると思いましてね」

「新田さん、あなたは……」

「この動画、三千万で売りたい」

その言葉に陶子は顔を上げた。

「この動画が公になって一番困るのは誰か？　それは裁いた人間、しかも死刑判決を下した人間でしょう」

陶子の手はかすかに震えていた。

裁判官になって二十四年、いくつもの事件と向き合ってきた。更生とは無縁の被告人もいた。検事の求刑より重い刑罰を科すべきと思える被告人もいた。だが目の前にいる男の笑みは、これまで見たどの凶悪犯よりも醜悪にしか見えなかった。

手の震えが止まらなかった。歯もがくがくと鳴っている。新田は陶子の手からスマホを取り上げようとした。だが陶子は持つ手に力を込めて離さなかった。

「どうしました？　ショックで払う気になりましたか」

新田は苦笑いしながら、どんと陶子の肩を突いた。陶子は鞄を取り落とし、尻もちをついてその場に倒れた。

「返してもらいますよ」

新田は強引にスマホを取り返した。

「まあ、ぶっちゃけ、こんな社会のくず、死刑になったって誰も困らないでしょう。逆にあんたはこの動画が公になれば、出世にも影響する。自分のことを考えた方が賢い選択だと俺は思いますね」

あたりは真っ暗だったが、目の前は真っ白だった。

赦せない。私が命を削る思いでのぞんだ死刑評決を何だと思っているのだ。こんなことがあっていいはずがない。

陶子は立ち上がると、石段に向かう新田の持つスマホに手をのばす。

「おっと」

新田は気づいてスマホをひっこめた。陶子はその体を押す格好になり、新田は石段から一瞬、宙に舞った。

あっという声をあげ、新田は手すりにつかまろうとするが、その手は空をきった。石段に背中から倒れ込む。

新田はそのまま下まで転がり落ちていった。鈍い音を残して静寂が訪れた。

それからどれくらい時間が流れただろう。

三十分、一時間……いや実際は数秒かもしれない。ようやく視界が色を取り戻す。鞄を拾い上げ、ゆっくりと石段を下りていくと、新田が倒れていた。

血だまりが広がっていて、すでに脈はなかった。

殺してしまった。実感も罪悪感もわかない。あるのはただ後悔だ。あの動画が頭の中で何度も再生されている。

――どうして私は……。

全身から力が抜けていく。陶子は両手で顔を覆ってその場に崩れた。

第二章　鏡

1

小杉優心の死刑執行から一週間が経過した。

千紗は一人、車を走らせていた。助手席に置かれた鞄には、一通の手紙が入っている。手紙とは呼べないものかもしれないが、小杉優心が遺《のこ》した最後のメッセージだ。彼の父親のところに持参したが破り捨てられた。テープで貼りあわせて、その文章を眺めているうちに、別の届けたい相手が思い浮かんだ。

目指す先は高松の南東、さぬき市の寒川町だ。

高松コンサート会場爆破事件の被害者、谷岡唯斗の両親がこちらに住んでいると弁護士の藤岡に聞いた。唯斗の母親である谷岡秀美《ひでみ》は八年前、メディアの前で怒りを隠さなかった。これが死刑でないなら、何が死刑なんですかと顔を真っ赤にして小刻みに震えていたことを覚えている。

一時間ほどで寒川町に着いた。

よく似た住宅が並んでいる。谷岡という表札がある家には、古ぼけた小さな自転車が置かれていた。駐車場に車が停まっているので、谷岡夫婦は在宅の可能性が高い。我が子の命を奪った犯人の死刑執行後、どんな気持ちで暮らしているのだろう。少しためらったが、呼び鈴を鳴らした。

しばらくして、ロックが外れる音がした。

えんじ色のセーターを着た初老の男性が顔を見せる。

「どちら様？」

「松岡というものです」

名乗ってから名刺を渡した。

「弁護士さん……用件は私にですか？　それとも妻に」

「できればご夫妻に。連絡もなしに突然訪ねてきて申し訳ないのですが」

取り繕うように笑みを浮かべると、奥の方から女性が姿を見せる。五十歳くらいで、矢印のような鼻の女性だ。

「弁護士さんが私たちに何の用件ですか」

「言いにくいことですが、小杉優心のことです」

その瞬間、二人の顔は一瞬で険しくなった。

「話すことなど、何もありません」

妻の秀美の顔には、激しい憎悪が煮えたぎっていた。千紗は負けないように自分を奮い立たせて手紙を広げた。

「私は死刑執行の少し前、彼に会いました。それで……」

「帰ってください」

強い拒絶だった。説明もできないまま、手紙は払いのけられた。扉に手をかけようとしたが、早く帰れという大声にひるんだ。

「谷岡さん、どうか……」

扉がきつく閉められた。ガチャガチャとロックをする音が扉越しに聞こえてくる。予想はしていたが、取りつく島はなかった。

この反応は遺族からすれば当然だ。八年という歳月は全く谷岡夫婦の傷を癒《いや》してはいない。きっとこの先も完全に癒されることはないだろう。死刑執行の事実は彼らをどれだけ慰めることができたのか。きっと当たり前のことが行われたという程度。当然の報いだ。そのひとことで終わらせられることなのだ。仕方ない。彼らの息子は小杉優心が死刑になっても永遠に帰ってはこないのだから。

受けとめ方は人それぞれだ。強制するものではない。小杉優心の父と被害者遺族。それぞれへ手紙の存在を知らせるところまではしたいと思った。結果は気にしない。ただ少し気持ちが疲れた。すぐに丸亀に戻る気にもなれず、目に入ったショッピングモールに車を入れる。中を少し歩くとフードコートがあったので、ポテトとコーラを注文して腰かけた。

ポテトをつまみながら、ぼんやりする。

あれから文乃には会いに行っていない。彼女の悲しむ顔を見るのがつらくて、二の足を踏んでいる。文乃はどうしているだろう。今も全く電話連絡がとれない。

スマホでネットにつなぐ。最近、気になるニュースが一つだけあった。

総社市で起きた事件だ。新田直人《なおと》という青年が石段から突き落とされて死亡したというものだ。それだけなら気にも留めないような事件だが、問題はその場所だ。事件のあった総社市は文乃にはじめて会った清音駅があるところ。しかも詳しく調べると、事件現場はこでまり園のある清音寺だったのだ。

小杉優心に死刑が執行された直後に、彼がいたこでまり園のある清音寺で人が死ぬ……。これは偶然で済ませられるものなのだろうか。

帰ろうとした時、スマホに着信があった。

登録されていない番号だ。誰だろうと思いつつ電話に出た。

「松岡さんですか」

聞こえてきたのは男性の声だった。

「はい、あなたは……」

「さきほどお会いしました、谷岡です。名刺を見てお電話しました」

思いもかけない電話に、千紗は居住まいをただした。

「まだ近くにおられますか。私は今、妻に買い物に行くと言って一人で外に出たところです。どこかで会えませんか」

「それは、ええ。まだこちらにおりますので」

千紗が今いる場所を伝えると、谷岡はすぐに向かうと言って通話を切った。

家族連れを見ながら溶けた氷をすすっていると、二十分もしないうちに谷岡はやってきた。

「さっきは妻が失礼しました」

「いえ、いきなり押しかけたのはこちらですし」

「ご理解いただきたいのです。私もそうですが、妻も事件以来、本当に苦しんでいまして。小杉優心の話が出るとああなってしまうのです」

気持ちはよく分かる。千紗だって同じだ。よく眠れるようになったとはいえ、自分を誘拐したあの男のことを思い出すだけでいまだに気分が悪い。

「さっきのあれは手紙でしょうか？　気になりましてね」

千紗は鞄から封筒をとり出した。

「お見せしたかったのは、手紙とは呼べないものですが……」

千紗は優心が書いた便箋を谷岡に渡した。

手にとると、谷岡は黙って目を通した。短い文章だったが、何分か経っても谷岡は顔を上げなかった。千紗は谷岡が口を開くまで待っていた。

「読みましたよ」

谷岡は無表情のまま、こちらを向いた。

「これだけでは正直、本心なのかどうかは何も分からないっていうのが本音です。もう彼はこの世にいないのだし、もし本心だとしても、もっと早く言ってくれというところでしょうか」

千紗はうなずいた。自分は小杉優心と一度会っただけの関係だ。その時、かたくなだった彼の心の扉がほんのかすかに開き始める瞬間を目撃した。だからこの手紙も本心かもしれないと思えるのだが、遺族やその他の人にはそう簡単に受け入れられるものではないだろう。

千紗は頭を下げた。

「謝罪して済まされることでは決してありません。ですが小杉優心のことを全く反省のない怪物と思い続けるより、彼にも後悔する気持ちがあったと知る方が、遺されたご家族にとってほんのわずかでもなぐさめになるんじゃないか。そういう思いでここに来ました。ですがそれは私のエゴかもしれません」

「そうですか」

こちらを見ることもなく谷岡は言った。ショッピングモールを小さな男の子たちがはしゃぎながら通り過ぎていく。谷岡は彼らを目で追っていた。

遺族にとって被告人の謝罪とは何なのだろう。今さらのように問いが湧き上がってきた。その問いに答えは見つからなかったが、本音で伝えることがせめてもの誠意に思えた。

やがて谷岡はふうと長い息を吐いた。ただ声は漏れなかった。

「これはお預かりしていいのですね」

「もちろんです」

「妻には時機を見て話してみます。読むかどうかは分かりませんが」

言い残して、谷岡は背を向けた。

「ありがとうございます」

千紗は深く頭を下げた。


ラジオをかけながら、事務所に向けて走った。

小杉優心のことを赦して欲しい。そう言うつもりはまるでない。

遺族にとってはわが子が戻ってこない限り一生、赦せることではないのだ。手紙を受けとってもらえたことに感謝しつつ、これでよかったのだと、今はそう思っておこう。

綾川町に入った時、気になるニュースが流れてきた。

「総社市において新田直人さんが遺体となって発見された事件で、岡山県警は高松市に住む会社員、村上孝宏を殺人の容疑で逮捕しました。警察の調べに対し村上容疑者は容疑を否認しているということです」

さっきもスマホで見ていたニュースだ。子どもたちが多く暮らす施設の目と鼻の先で物騒な話だが、犯人は逮捕されたのか。ニュースによると防犯カメラに被害者を突き落とす犯人が映っていたという。ただ容疑を否認している……よくあることだが、どうも少し引っかかる。

車を左に寄せて停めると、スマホをとり出した。

かけた先は真山のところだ。

「はい、もしもし」

忙しいだろうに、すぐにつながった。真山はこちらが用件を伝えるより前に口を開いた。

「小杉優心のことは残念だった」

「ああ、はい」

再審請求へ向けて動こうとしていたことはまだ話していなかったのに、まるですべてお見通しだとでもいうような口ぶりだった。

「ただ少し気になることがあるんです。先日、彼が育った施設の近くで殺人事件があったって知りました。容疑者は否認しているとか。この事件について何かご存知ないでしょうか」

「ああ、知ってるよ。ちょっとだけならね」

「え、本当ですか」

「逮捕された村上孝宏は、小杉優心の死刑評決に関わった裁判員の一人だ」

「そんな、まさか」

真山がその情報をつかんでいることにも驚いたが、それ以上に事実そのものに驚いた。逮捕されたのが元裁判員。こんな偶然があり得るだろうか。

「真山先生、気になります」

「村上にはすでに弁護士がついている」

そうなのか。関心はあったがそれなら仕方ない。

「心配はいらないよ。さっそく奪いとった」

「はあ？」

千紗は目をぱちくりさせた。奪いとるってどういうことなのだ。

「その弁護士に連絡して譲ってもらう算段をつけた」

こんな短期間に交渉したのか。思わず苦笑いがこぼれた。

「君がきっとそう言い出すと思ってね。ちょうど連絡しようと思っていたところに、君の方からかかってくるんだから面白いよね」

呆気にとられてものが言えない。どこまでこちらの行動を読まれているのだろうか。真山の感覚にはついていけないが、村上の弁護は望むところだ。

「やらせてください」

「そう言うと思っていた。もちろん、頼んだよ」

私は君に甘いな……と楽しそうな声が返ってきた。電光石火。そう呼ぶしかない流れで、逮捕された村上の弁護人になった。

ほんの数分前までこんなことになるとは思いもしなかったが、自分の感覚がこの事件に何かあると言っている。さっそく会いに行ってみよう。

2

夜の街を一人、歩いていた。

一日の仕事を終えた後なので疲れはあるが、病院に向かう。

受付で少し話してから、エレベーターで入院病棟へと上がった。

脳裏に浮かんでいるのは新田に見せられた動画のことだ。あれから目に焼きつけるようにくり返し再生した。

あんな真相が隠れているとは誰一人思いもしなかっただろう。誤判というのは通常、無実の者を有罪にしてしまったことだ。だが量刑の間違いだって誤判だ。特に死刑か否かの判断は間違いが赦されるものではない。それなのに……。

個室はうす暗く、父は静かに眠っていた。抑えていた感情が、父と二人だけになって急にあふれ出した。

「お父さん、ごめんなさい」

陶子は眠り続ける父の手を握った。

「私は人を殺しました」

新田が死んだあと、どれくらいの間、真っ白になっていたのだろう。分からないが、あの後の自分は驚くほど冷静だった。これからどうするか。普通なら真っ先に思い浮かぶはずの自首。その選択肢がすっぽりと脳裏から消えていた。

新田と激しく言い争ったわけではない。新田はほとんど声を張り上げなかった。辺りに人気《ひとけ》はなかった。おそらく目撃者はいないだろう。

新田の死体の横にはスマホが転がっていた。

拾い上げて中を見ると、意外にも無防備で操作できた。通話履歴にトモヤという表示を見つけた。新田の上着ポケットから財布を抜き取り、免許証を見る。新田直人……今さら本名だったのかと思った。次に住所を確認すると、岡山市内に住んでいることが分かった。キーホルダー付きの鍵も所持していて、陶子はその鍵を握り締めた。

車に戻ると新田の免許証を手にし、住所をナビに入力しようとするが、指が思うように動かない。寒さでかじかんでいるせいなのか、自分がしたこと、これからしようとしていることに震えているのか分からない。

手のひらをこすり合わせると、もう一度ゆっくり入力していく。ハンドルを握りながら脳裏には新田のセリフ、その一部分だけがくり返し浮かんでくる。

――トモヤの言うとおりだった。

トモヤという人物がどれほど今回のことにからんでいるのかは分からない。だがあの口ぶりなら少なくとも八年前の事件の動画については知っているだろう。

それに気になるのは声だ。陶子に電話してきた人物の声と実際に会って話した新田の声とはどこか違うように思えた。つまり新田直人が単独でやっているのではなく、トモヤと共犯だったのではないのか。それをどうしても確かめたい。

トモヤとはいったい、何者だ。

スマホの中身は後でゆっくり見ればいい。それより今しかできないことがある。新田の遺体は遅くとも明日には発見されるだろう。そうすれば彼の身元も判明し、自宅も警察に調べられる。だがまだ猶予がある。

今しかないのだ。三十分ほど走り、ナビは到着を告げた。

新田の自宅は見た感じ、一人暮らし向けのアパートだった。灯りは点《つ》いていない。

車のトランクに入れてあった懐中電灯をとり出す。遺体から奪った鍵を使って、思い切って新田の部屋へ入った。

懐中電灯で外に光が漏れないように照らす。

中は足の踏み場もないくらいに、車の雑誌やゲームソフトなどが散乱していた。ここに誰かが侵入した形跡を残すわけにはいかない。だが一方で時間に余裕があるわけでもない。警察がいきなり乗りこんでくるとは思えないが、知人がやってきて見られてしまえばそこで終わりだ。トモヤと鉢合わせする可能性だってある。

棚にはもうしわけのように法科大学院の教材が並び、司法試験の受験雑誌が何冊かおかれている。法曹を目指していたようだ。

そんなことはいい。問題はトモヤのことだ。トモヤという人物が誰であり、どこにいるのか何としてもつきとめなければ。焦る気持ちを抑えて、部屋中をひっかき回した。どうせこれだけ散らかっているのだ。侵入したかどうかなど分かるまい。

何でもいい。トモヤにつながる何かがあればいい。そう思いながらテレビの下にあるキャビネットを開けると、そこには住宅賃貸借契約書が入っていた。居住者は新田直人で間違いなかったが、保証人の欄に父親の名前や住所があった。

その日の出来事はそこまでだ。

この前の休みに父親の住所まで出向いたところ、大きな邸宅の表札には家族全員の名前があった。トモヤはおそらく新田直人の弟、智也《ともや》のことだ。直人が陶子を脅そうとして呼び出したことを知っている可能性は高い。

手に入れた新田直人のスマホは破壊し、財布などと一緒にすべて海に捨てた。見つかることはおそらくないだろう。

ただ思いもかけないことが一つだけあった。新田を突き落として死亡させたとして、元裁判員の村上が逮捕されたことだ。寺の防犯カメラに映っていたというが、新田を突き落として死に至らしめたのは私だ。危ないところだったという思いもある。

しかしそれ以上にどうしてという思いが強い。おそらくカメラには私の顔までは映っていなかったのだろう。村上には他に逮捕される理由があったのだ。詳しい事情は分からないが、想像はつく。カフェで拾ったはずの裁判員バッジが見あたらない。きっと新田と揉み合った際に落としたのだ。村上はそのバッジのせいで疑われたのではないか。

村上のことを思うと、心が痛い。それなのに自首できないことに罪悪感を覚えている。

陶子はしゃがんで、ベッドに眠る父と目の高さを同じにした。

「もしお父さんが私なら、どうしたかな」

言うまでもないとばかりに、怒っているように見えた。決まっている。すぐに自首だ。もっとも父なら、自分が犯した罪に耐え切れず、自殺してしまうかもしれない。

一方私は逃げおおせている。

——間違いなど、赦されない。

ふっと父の言葉が浮かんだ。中学生の時、陶子は何気なく父に問いかけた。もし刑事事件で判決に間違いがあったらどうするのかと。父は答えた。軽微な事件であっても、判決は被告人の一生を左右する。そういう人の人生を預かる立場の者に間違いは赦されないのだと。

人だから間違えることはある。だから間違えないことではなく、間違えた時にそれを正せる制度が必要なのだとよく言われる。しかしそんなことは百も承知だ。それでも判事は間違えてはいけない。その覚悟なくして人の生き死にを預かることなどあってはいけない。父の言葉は陶子の心の奥深くに刻みこまれている。

「また来るから」

言い残して病室を出た。

自宅に戻り、風呂に入った。

スーパーで買った総菜をチンして口に運んだ。だが食べ物が喉を通らなかった。今さらどうして？　平然と日常を続けるが、体は正直だ。

戸棚から小さな木箱をそっと取り出した。

そこには命の欠片《かけら》が入っている。

――私はこれまでどれだけ罪を重ねてきただろう。

小さなものも含めれば、誰もが何かの罪を背負って生きている。だがそれが何年、何十年も消えることのない痛みとして認識されるような罪を背負って生きている人間はきっと多くはない。

若いころ、子どもができた。

妊娠が判明した時は嬉しかった。相手は山本敦という裁判官。現在、高松高裁の判事を務めている男だ。

出会った当初、彼は司法への熱い思いを語った。被告人や被害者のことを考え、判事にできることは人が思う以上に色々あるのだと言った。それまで父の言葉がすべてだった自分にとって、それらの言葉は珠玉だった。

だが妊娠を告げた後、山本はまるで別人となった。いくらでも金は出すからおろせという一点張り。この時、初めて彼に妻子がいることを知った。ただ今思えばよくある話だ。きれいごとを並べ立て、勉強ばかりで恋愛経験の少ない小娘を狙い欲望を遂げる。妻とは別れるという甘い言葉に騙《だま》された女性をひな壇から何人見てきたことか。

それから時が経ち、山本は人情判事として有名になった。今は説諭の山本として知られている。本当に空々しい。

少し前、彼が家族と仲良く海外旅行に向かう写真をネットで偶然見つけた。もう娘は結婚し、孫までいるようだ。だがその幸せに異議ありとも言えない。あの子のことを山本はどう思うのか……。

だが彼のことを責めても仕方ない。自分で選んだ道だ。そのことをしっかり見つめよう。自分の幸せなど二度と望まない。裁きにすべてをささげようと思って生きてきた。

それなのに……。

陶子は思いを強引にねじ伏せて、失った命の欠片をそっと戸棚に戻した。

3

助手席から内海の島々を見下ろしつつ、瀬戸大橋を渡った。

前の弁護士から引き継いだ情報メモに目を通す。村上孝宏の弁護人になった千紗は、熊と共に接見に向かっていた。

「民事の方が忙しいのに、すみません」

「いいんだよ。それにしても興味深い事件だよね」

村上の弁護は香川第二法律事務所の総力をあげて担当することになった。といっても千紗と熊しか弁護士はいないのだが。

「ああ、ここだね」

警察署に入ると受付を済ませ、接見室へと足を向けた。ちょうど取り調べが終わったばかりらしいが、接見は行えるようだ。建物はかなり老朽化が進んでいて、壁にところどころひびが入っている。

「こちらへ」

案内されて中に入った。

汚らしいところだった。穴が開いた透明なアクリル板にはひっかいたような傷ができている。

その向こうには、眼鏡をかけた男が腰かけていた。

青っぽく伸び始めたヒゲが彼の疲労を物語っていた。

「はじめまして。松岡といいます。こちらは熊弁護士」

千紗と熊が会釈すると、村上も軽く頭を下げた。

お互い簡単に自己紹介を済ませる。村上孝宏、四十五歳。高松市在住。妻と二人暮らし。高松市内にある文具メーカーで働いているそうだ。ここまでは事前情報と同じだ。寝不足のようで村上の目は充血していた。

「単刀直入に聞きます」

千紗はしっかりと村上の目を見すえた。

「村上さん、新田直人さんを殺したんですか」

村上は顔の前で手を組んでいたが、ゆっくりと顔を上げた。

「殺してません」

言葉は聞き取りにくかった。しかし感情が込められ、絞り出すように返ってきた。

アクリル板越しに見えるその血走った目には、嘘は感じられなかった。

千紗は大きく息を吐きだすと、うなずいた。

「分かりました。何があっても、私たち弁護人はあなたの味方です。ただ一つ、約束して欲しいことがあります」

「約束？」

「ええ。村上さん、ご自身に不利になるようなことでも、私たちにはすべて正直におっしゃってください」

「だから言ってるでしょう。私じゃない。殺してない」

正直に話していないと責められたような気持ちになったのか、村上はややヒステリックな声を上げた。長時間取り調べを受け、否認しつづけているのだ。言葉に敏感になっているのだろう。熊が心配そうな顔でちらりとこちらを向く。千紗はうなずくと、村上を刺激しないよう頰を緩め、ゆっくりと話しかけた。

「これは被疑者ノートです。あなたの大切な人権を守る武器となりますので、どうか活用してください」

ページをめくりながら、簡単に説明していった。少年向けの漫画のように、簡単な漢字にもふり仮名がついている。

「警察の取り調べの様子を記憶しておいて書きこんでください。どんなに細かいことでもけっこうです。思わぬことが突破口になることだってあり得ますので」

お決まりの説明を思い出したようにすると、質問を続けた。

「被害者の新田さんとあなたは、どういった関係ですか」

村上は大きく首を横に振った。

「どうと言われても、無関係ですよ。警察に取り調べを受けるまで名前も知らなかった」

「僕からも聞かせてください。あなたは清音寺に行ったことがありますか」

答えはすぐに返ってこなかった。村上は親指でこめかみをぐりぐりと押し、しばらくしてからゆっくりと首を横に振った。

「行っていません。そんなところには」

「ではどうしてそこにあなたの裁判員バッジが落ちていたんでしょうか。心あたりはありますか」

「そんなこと、分からない。どこかで失くしたと思っていたんです」

村上は頭を抱えた。

裁判員バッジにはシリアルナンバーが刻印されており、警察はその番号から村上のものであると特定。任意での聴取の後、逮捕に踏み切った。その後、指紋鑑定も行われ、バッジから村上の指紋が検出されたらしい。

「ではあなたは事件のあった十六日の午後八時、どこにいたんです？」

「高松で飲んでいました。正確な場所は酔っぱらっていて覚えていません」

「記憶を失うほど酔っぱらっていたんですか」

つい訝しんでしまった。

「だから本当に覚えてない！」

大声で叫ぶと、村上は再び頭を抱えた。

裁判員バッジは確かに重要な証拠だろう。とはいえ、警察はそれだけで逮捕に踏み切るだろうか。防犯カメラ映像がはっきりと村上の顔をとらえていたということだろうか。

「信じてくれ。私は無実だ」

千紗は静かに息を吐きだした。

「村上さん、私は一つ気になっていることがあるんです」

「何です？」

「あなたは八年前、高松で起きたコンサート会場爆破事件の裁判員をされたんですよね。死刑囚、小杉優心が育ったこでまり園と事件現場は目と鼻の先です。どう考えても何か関係があるんじゃないかって思うんですよ」

熊も後ろでうなずいた。

「どんなささいなことでもいいです。もし気づいたことがあれば教えてください」

村上は顔を伏せてしばらく黙りこんでいた。だがやがてふと思い出したように顔を上げ、つぶやいた。

「……蟬の会」

「蟬？　何ですか、それは」

「小杉優心の事件で裁判員だった人間が集まる会ですよ。ちょうど事件のあった日、私も久しぶりに参加しました。裁判員バッジなんて普段持ち歩くわけないじゃないですか。私も外につけていくのは蟬の会の時だけだったんです。あそこで失くしたに違いない」

千紗と熊は顔を見あわせた。

「会が始まる時は私の胸にありました。吉沢くんも越智さんも見ていたから覚えているはずだ。ただ酔っぱらって家に帰ってバッジのことは忘れていました。いつからなくなっていたかは分かりません。なくしたことにも気づいていなくて」

「帰宅されたとき、ご家族は？」

「妻と二人暮らしなんですが、今はたまたま里帰りしているんです。出産を控えていまして」

「じゃあ、何時に家に帰ったのかは分からないということですね」

熊の言葉に村上はうなだれた。

家族の証言ではアリバイにならなくても、何かの証明に使えるかもしれないと思ったのだが、ダメのようだ。

「実は妻も八年前の事件の裁判員でして、そこで知りあって結婚したんです」

そういう出会いもあるのか。同じ事件の裁判員に選ばれるのも何かの縁だが、それで夫婦になるなんて不思議なものだ。

驚く熊に代わって、千紗が質問を続けた。

「では村上さん、事件のあった日の行動で、覚えているところまででいいので教えてください」

「あの日の蝉の会は一時間足らずですぐに終わったんですよ。越智さんが急に気分が悪いと言い出してね。思ったより早く解散になったから一度家に帰りました。昼寝してから六時ごろ、街に繰り出しました。最初に行った店は覚えてますが、それからはさっぱりで」

「八時ごろはどこにいましたか」

「たぶん、高松の繁華街で飲んでたと思います」

村上は懸命にその夜のことや新田について思い出そうとしていくが、これといって無実の証拠となりそうなものはない。妻が実家に戻っているのをいいことに、村上は毎晩のように飲み歩いていたらしい。警察に事情を聞かれた時も酔っていたという。居酒屋の店員にでもアリバイが確認できればいいが、これは苦戦するかもしれない。村上の言葉を信じて地道にやっていくしかないようだ。

「村上さん、取り調べに対しては黙秘を続けてください。どうか自白はしないでくださいね。いくら後で撤回しようと、取り調べ段階で自白したことは後々まで尾を引きますから」

「自白？　殺していないのにそんなことするわけがないでしょう。やっぱり私を信じてくれていないんですか」

村上は声をあらげた。

「信じているからこそ、自白を心配しているんです」

千紗の言葉に、村上は口を閉ざした。

「警察の取り調べで本当に怖いのは無言の圧力です。私は無実なのに自白させられ、苦しんだ人を現実に知っています」

熊が神妙な面持ちで、深くうなずいた。

村上はため息をついて天井を見上げる。両手で顔を覆った。

「本当に殺してないんだ」

必死で訴える村上を、千紗はじっと見つめていた。やはり自分にはこの村上は無実であるように思える。何とかして早く助けなければ。

「それでは村上さん、また来ます。一緒に頑張りましょう」

力なくうなだれる村上を励まして、接見室を出た。

弁護方針は決まった。無罪弁護だ。厳しい道であることは間違いないだろう。しかし決まった以上、やるしかない。

接見室を出ると、おなかの大きい女性が話しかけてきた。

「あの、松岡千紗先生ですか」

「はい?」

「主人は大丈夫でしょうか。私、村上孝宏の妻で梨絵《りえ》といいます」

「ああ、はじめまして」

里帰り中だと聞いていたが、心配で会いに来ているようだ。

「あの人、やってませんよね」

涙目で声が震えている。ただでさえ出産を控えて大変な時に、夫が殺人犯として逮捕されるなんてとんでもないことだろう。自宅にマスコミが押し寄せただろうから、里帰り中だったのは不幸中の幸いかもしれない。

どこまで話せばいいのだろう。うかつなことをしゃべって心配させてはおなかの子にもよくない。

口ごもっていると、梨絵はうるんだ瞳で千紗に迫った。

「あの人が殺人なんてあり得ません」

千紗は微笑んでええと答えた。

「あなたのご主人は無実です。私たちが証明して見せます」

梨絵の肩にそっと手を当て、うなずいた。千紗の言葉によかったと言って梨絵は涙を流した。

「どうかあの人をよろしくお願いします」

梨絵も元裁判員だ。ここで会えたのは運がいい。蟬の会のメンバーの名前や住所など、必要な情報を手に入れてから、彼女とはそこで別れた。

重い責任がのしかかってくる。とはいえ、だからこそやりがいもある。ふうと息を吐きだすと、熊が目を合わせてうなずいた。

「とにかく頑張るしかないね。まずはアリバイ確認からかな。居酒屋さんとか、駅員さんとか、誰か覚えている人がいるかも」

「そうですね。あと……村上さんが話していた蟬の会が気になります。その会に参加した人の中に、何か知っている人がいるかもしれません」

優心の死刑執行から間もなく起きた殺人事件。現場は小杉優心が育った児童養護施設のある清音寺。被疑者は彼の死刑判決の評議に関わった元裁判員。きっと何かある。そんな予感がする。

ふと顔を上げると、熊がにやにやとしていた。

「どうかしました？」

「いや、最近は民事が多かったけど、やっぱり千紗ちゃんは刑事弁護が性に合っているんだなって思って」

苦笑いして、そうですかと首をかしげる。

「瞳がいつもより輝いている」

確かに今、村上と対面し、梨絵の思いに触れ、何かが猛《たけ》ってきたように思える。もし罪のない人間を陥れようとする怪物がいるとしたら、赦すことなどできない。この謎を解き明かし、村上を助けたいと思った。


翌朝、千紗は車で琴平に向かった。

話を聞きに行く相手は、蟬の会のメンバーの一人、吉沢一輝だ。村上梨絵を通してアポイントをとった。

「ここみたいね」

看板には『フラワーショップ　よしざわ』とある。

大きくはないが明るくて感じのよい花屋だった。ひょろっと背の高い青年が店内にいる。ダンボール箱から束になった花を取り出すと、根元をナイフで切ってバケツに入れていく。その手際の良さに思わず見入っていると、青年はこちらに気づいた。

「はじめまして。弁護士の松岡です」

「ああ、四番さんから聞いてますよ。へえ、俺と同じくらいの年なんですね」

作業を続けながら、吉沢一輝はぺこりと会釈した。

「すみません。お忙しいところ」

「いいですよ。やりながら聞くんで」

花屋の朝は早く、さっき花卉《かき》市場から帰ってきたばかりなのだと吉沢は言った。

「しっかりと水を吸わせてやらなければいけないんですよ」

千紗によく見えるように、吉沢はナイフで茎をカットしていく。何十本もある束を一気にカットするさまは職人技だ。

「時間との勝負なんでね」

「へえ、すごい」

さてと。こうしていつまでも眺めているわけにもいかない。

「村上孝宏さんが逮捕されたことはご存知ですよね」

「ニュースで流れていたし、四番さん、いえ梨絵さんにも聞きましたよ」

どこから切り出せばいいのだろう。とまどっていると、吉沢がにやりと笑った。

「で、何？ ひょっとして俺を疑っているわけですか」

先制パンチのようなひとことだった。

「そんな、私は何か知っていることがないか、お話を聞きに来ただけで」

むすっとする千紗の様子を見て、吉沢はぷっと吹き出す。どこか楽しんでいるように見えた。そっちがその気なら遠慮はいらない。

「じゃあ、あなたがやったんですか」

単刀直入に聞くと、吉沢はヤンキーの恫喝《どうかつ》のように怖い顔で見下ろした。

「だったらどうする？」

「えっ」

「むかついたんでぶっ殺してやった」

瞬きを忘れていると、吉沢の頰が急に緩んだ。嘘だよと言って笑い出す。

「何がおかしいんですか」

「いや、世の中俺とあんたみたいな馬鹿正直で直球しか投げない人ばかりだったら話が早いだろうな。そう想像したらおかしくて」

褒められているのか、けなされているのか分からなかった。

「めんどくさいから初めに言っときますけど、事件のあった時間は配達してましたよ。五本立ての胡蝶蘭《こちょうらん》とスタンド花。ありがたいことで」

疑っているわけではなかったが、話が早くて助かる。

「じゃあ、蟬の会のことを思い出してもらえますか」

「新田って人が殺された日のことね」

「そうです。村上さんは裁判員バッジをつけてましたか」

「入ってきた時は間違いなくつけてましたよ。それから、ええと……」

吉沢は花を手に、しばらく考えこんだ。

「さかんにいじっていたなあ、ああ、途中で外していたかもしれん」

「店から出て行く時に、落としたり忘れていったりしてませんでしたか」

しばらく間をあけてから、吉沢は大きく首を横に振った。

「ううん、ごめん、分かんねえや」

どうやら思い出せないようだ。もし落としていたならその時に指摘するはずだ。

「そういや会の後、ジムに行くって言ってたから、そこで落としたんじゃないですか」

村上は飲みに行ったと言っていたが、おかしいな……もう一度、確認してみよう。

「吉沢さん、村上さんは人を殺すような人だと思いますか」

問いかけに、吉沢はガーベラの束を水につけてから顔を上げた。

「弁護士さん、逆に聞かせて欲しい。俺は人を殺しそうな人間ですか」

質問が返ってきて、千紗は口を閉ざした。

「それは……分かりません」

ふさがり切らないピアス痕、腕に根性やきのようなあと、どこか不良っぽさも残っている。だがそれだけではよく分からない。元不良といっても、色々な人がいる。はつきり言って分からない。素直にそう答えた。

「はは、そう見えないっておべっかを使うかと思ったんですが、素直だな。ああ、俺は人を殺しそうな人間でしたよ。たぶん」

「………」

「二十歳くらいまではね。俺は高校を中退し、失敗ばかりで金もなくやる気もなかった。この社会では一度沈んだら、よほどのことがなければはい上がれない。それが分かっていたから自暴自棄になっていたんですよ。誰かを刺して殺してやりたいって真剣に考えていた。ちょっとしたきっかけがあれば、やっていたと思います」

吉沢はナイフに力を込める。枝の先がバケツに落ちた。

「何でもいい。変化が欲しかった」

「変化ですか」

「プラスでもマイナスでもいい。とにかく変われってね。今思えばなんて馬鹿なことを考えていたのかって思うけど、その当時は欲していたんです。変わるきっかけを。戦争でも起こらないかって本気で思っていました。人を傷つけることなんて何とも思わず、周りを攻撃することだけが生きがいのただのくずだった」

千紗は口を閉ざした。

「変えてくれたのは小杉優心でした」

吉沢はふうと息を大きく吐いた。

「彼を目の前にした時、思ったんです。こいつは俺と同じ人種だなって。鏡を見ているようでした。きっとあいつの中には、自分を破壊してしまいたいっていう衝動があったんでしょう。だから必要以上に自分を悪く見せる。評議でも俺は主張しました。あいつは分かっていてなのか、無意識なのか知らないが、悪を演じているんじゃないのかってね」

そうなのだろうか。それが本当だとすると優心はわざと反省の色を見せず、被害者遺族や傍聴人たちの怒りを買ったというわけなのか。

「それは贖罪なんて崇高なものじゃありませんよ。自傷行為みたいなもので、たぶん、自分でも止められないんです。被害者にすまないとか、そういうのじゃない」

千紗は黙って吉沢の話を聞き続けた。

「俺は小杉の代弁をしたつもりだったんです。俺だって人をぶっ殺したいと思っているってね。予想どおり、みんな呆れていました。でもね、裁判長は真剣に聞いてくれたんです。そういう思いをもっとかみ砕いて話して欲しいって」

吉沢は評議で話しながら、徐々に自分が変わっていくのを感じたという。

「話しているうちに、自分でも見えなかった気持ちが見えてきた気がしたんです。この社会には善人と悪人しかいないっていう二元論じゃなく、どちらにも属さない人だって生活している。そんなことが初めて分かった気がしたんですよ」

千紗は何度かうなずいた。吉沢はもう一度、口を開く。

「小杉は鏡に映った俺。何かのきっかけで彼は変われたかもしれない。更生可能性がないなんてあり得ない。でもだからって彼を厳罰に処さないこととは別だって。俺は自分を殺すつもりで死刑に一票入れました」

そこまで話しきった吉沢の前に、赤ちゃんを抱っこした若い女性がただいま、と言って帰ってきた。

「あら、お客さん」

こんにちはと千紗は挨拶した。驚いたのか赤ちゃんが泣きだし、吉沢の妻はあやしながら奥に引っこんでいった。

「あの時をきっかけに俺の人生は変わったんです。あれだけ嫌がっていたこの花屋を継ぐことにしました」

妻が消えていった方を見つめる吉沢の目は優しかった。

「守るべきものができた今は、あの評決は間違いだったのかもしれないって思っています。そもそも人に死刑か無期懲役かを決めることなんてできるのかなってね」

吉沢はガーベラを一本だけ手にとり、じっと見つめた。

「最後の一票は俺だったんです。今も覚えていますよ。夏の終わり。蟬がやかましかった。だんだんと蟬の数が減っていって、最終日はたった一匹で鳴いていました」

誰もが憔悴《しょうすい》している中で、最後の評決が行われたという。死刑と無期は一進一退。全くの五分で並び、最後の一票が吉沢の投じたものだったという。

「あの日のことは忘れません。俺が小杉優心を殺した……その思いが今も続いています。最初はまさか、こんな気分になるなんて思いもしませんでした。こんなもん、死刑であっさり終わりだろってみくびってたからなあ」

それだけ真剣に考えていたということだろう。きっと彼だけではない。越智も村上もその他の人々も精いっぱいやったのだ。

「小杉と俺に差なんてない。ただ俺は運が良かった。それだけです」

吉沢は花を手に作業を続けている。最後の言葉を含め、語ってくれたことはすべて本音にしか思えなかった。

「ありがとうございます」

礼を言って、吉沢とはそこで別れた。

千紗は顔を上げる。鉛のような雲を見つめた。

4

マーガリンをたっぷりと塗りつけ、トーストをかじった。

いつもなら休日だというのに、登庁しないといけないので電車に乗った。

今のところ、陶子のもとへ警察が来る気配はない。トモヤという人物については、直人の弟の新田智也らしいということ以外は分かっていない。この人物は直人が陶子と会っていたことを知っている可能性がある。もし陶子が怪しいと気づいているなら、何故そのことを警察に言わない？

考えこみながら岡山地裁に着くと、色黒の警備員がこちらに気づかないふりをして立っていた。

「おはよう、坂口さん」

「……ああ」

こちらを見るでもなく、坂口は挨拶なのか何なのか分からない返事をした。もう少し大人の対応をしてくれてもいいのにと思う。

新田のスマホに残った通話履歴は母親とトモヤがほとんどだった。何か手がかりはないものかとメモしておいたものを眺めていたら、ふと気づいたのだ。陶子も最近、登録したばかりの同じ番号があることに。それはなんと越智のものだった。

新田は越智にも接触していた。

きっと越智も陶子と同じように、あの動画を見せられたのだ。

越智はブログで裁判員だったことを公表している。画家であるし、アトリエの所在地は調べればすぐに分かる。接触するのは容易だったろう。同じタイミングで陶子に電話をかけてきたのも、二人がつながっていたなら自然だ。何も知らぬふりをして越智に連絡をとってみようか。トモヤのことが分かるかもしれない。

裁判官室へ向かうと、原田が後を追うようにやってきた。

「おはようございます、部長。今日はいつもより大変かも、ですよ」

「そうかしら。ずっと気が楽だけど」

これから市民向けの模擬裁判のイベントがある。陶子たち三人の裁判官と一般応募で選ばれた六人の裁判員がひな壇に座り、事件関係者の役を書記官や民事部の裁判官など、岡山地裁の関係者がやるというものだ。

「警備員の坂口さんが被告人役らしいですよ」

「ふうん、よく似合いそうね」

想像したら少し笑えてきた。原田に気づかれないように、真面目な顔を作る。

裁判官室に向かうと、この前来た起訴状を手にとった。

いつもながら何とも簡素な記述だ。そう思いながら陶子は読んでいく。起訴状は岡山地裁あてで、検事が送ってきたものだ。下記被告事件について公訴を提起する、とある。村上孝宏は逮捕後、弁護士による勾留取り消し請求もあったが保釈されることはなく、起訴されて今は被告人となった。

起訴状一本主義というのがある。検察官は起訴状だけを提出し、証拠や資料などを添付してはいけないという決まりになっている。これは裁判官に予断を抱かせないためだ。だが自分からすれば、余計なお世話という以外にない。検察側だけの証拠や資料によって公正さが乱されるなら、裁判官に力量がないということだ。

「おはようございます。部長」

川井が登庁してきた。

「おはよう」

「けっこう、本格的にやるんですね。マスコミがたくさん来てましたよ」

川井はきっと学生時代に文化祭などで盛り上がってきた人種なのだろう。いつになくやる気のようだ。彼に進行役は任せておいた。

「面倒だなあ、ただでさえ赤字なのに」

原田はしかめ面をしていた。裁判官の世界で赤字というのは担当の事件が処理できず、未済事件がたまっているということだ。

「部長、そろそろ時間です」

書記官の声で評議室に向かう。中に入ると、裁判員役の参加者たちが首から下げる番号札を渡されていた。

「これから模擬裁判に向かいます。傍聴席からは見えませんが、裁判員席には裁判員番号と同じ数字の札がありますので、ご自分の番号の席に腰かけてください」

原田が今日の流れの説明をした。

「それでは皆さん、行きましょう。本当の公判では専用通路を通って向かうんですが、今回は模擬ですので、こちらからどうぞ」

川井が参加者たちを誘導していく。

「なんだよ。専用通路が通りたかったなあ」

一番の男性が小さな声で不満げに言った。

「すみません。また後でお見せしますので」

原田は柔和な笑みを浮かべ、参加者たちをもてなす。見事に表と裏で顔が違うものだと感心する。まあ、私も人のことは言えないのだが。

扉が開く。九人がけの席の中央に陶子は座った。

被告人席には坂口が腰ひもでつながれて座っている。目つきが悪く、いかにもという風貌だった。悪役でドラマにでも出られそうだ。

「それでは始めます。被告人は前に出てください」

模擬であるせいか、傍聴席ではいつもの起立と礼がなかった。調子が狂う。坂口がふてくされた顔で証言台の方へと歩を進める。模擬裁判が始まった。

人定質問が終わり、検察官役の判事補が起訴状を朗読していく。

被害者を逆恨みで刺した被告人が有罪か無罪かという設定だ。実際にあった事件をベースにしているとはいえ、お芝居ではやはり気が入らない。模擬だとどうしても腑《ふ》抜《ぬ》けてしまうようだ。

模擬裁判は淡々と進んでいった。

坂口の演技によって、舞台はリアルに進行していく。彼に触発されたのか、周りも迫真の演技だった。被害者遺族役の書記官などは、目にハンカチを当てて鼻をすすっている。本当に泣いているように見えた。

やがて模擬法廷は結審し、裁判員役の参加者は評議室へと移った。

傍聴人たちは法廷に残り、評議室の様子を中継映像で見るという方式だった。評議は川井が中心になってリードしていく。

「五番さんはどう思われましたか」

「やっぱり被告人の言い分は苦しいなって」

「そうね。あたしも思ったわ」

補充裁判員役の女性が鼻息を荒くしてうなずいた。

「あの顔は裏で何人か殺してる顔よね」

裁判官三人は苦笑せざるを得なかった。みな模擬であることを忘れているようだ。

それから何人か発言したが、有罪の方向で固まっているようだ。

「ううん、僕は被告人が何かを隠しているような感じを受けましたが」

眼鏡をかけた四番の青年だけは少し意見が違っていた。

「じゃあ何？　無罪だっていうの」

「いえ、よくは分からないんですが、なんとなく」

模擬なのでシンプルな設定のはずだが、そう受けとれたのか。陶子は四番の裁判員の青年の顔をじっと見つめた。どこかで会っただろうか。そんなはずはないと思うのだが、気になった。まあ、気のせいだろう。

それから評議は進み、八対一で有罪が決まった。

裁判員役の参加者たちは法廷に戻る。陶子は懲役三年執行猶予四年の判決を坂口に下した。

模擬法廷はこれで終わりだ。

「それでは今日は皆さん、おつかれさまでした」

参加者と別れ、最後はカメラに向かってインタビューを受けた。

広報活動も大切だとはいえ、気疲れする。陶子は深呼吸をしてからさっさと裁判官室に戻ろうとしたが、呼び止められた。

「日下部判事」

振り返ると、一人の青年が立っていた。裁判員番号四番の青年だ。

「少しだけいいですか。お話がしたいんですが」

「何でしょうか」

「実は僕、兄を殺されているんです」

被害者遺族だったのか。どこかで見覚えがあるような気がしたが、もしかして陶子が過去に関わった裁判で目にしたのだろうか。

「僕は新田直人の弟です」

声が出そうになった。だがかろうじて表情を変えず、瞬きだけをした。

「兄のことでお話があるんです」

似ている。いや、そう言われればどことなくという程度で、すぐに兄弟と分かるほど似ているわけではない。兄がどこか不良っぽかったのに対し、この弟は物静かで大人しそうな印象を受ける。

ゆっくりと名刺が差し出された。

新田智也。

そう書かれている。陶子は黙って受けとった。しまった。いや、受けとらない方がおかしい。

顔を上げると、書記官が遠くから呼んでいた。智也はそちらに目をやったが、すぐにこちらに向き直る。

「どうしてもあなたとお話がしたいんです。お仕事が終わってから、今夜お会いすることはできませんか」

智也は真剣な瞳を陶子に向けていた。

どういうつもりだ。この青年はどこまで知っている……。

やがて書記官に続いて記者たちがやってくる。智也はお願いしますと深く頭を下げると去っていった。

陶子はその背をただ黙って見送るしかなかった。

第三章　悪魔

1

久しぶりに、こでまり園に車を向けた。小杉優心の葬儀以来だ。

黒い雲の下、車を停めると寺の本堂へ続く石段を見上げ、足元に視線を落とした。

ここでいったい何があったのだろう。

人の死んだ事件ではあったが、あまり大きく報道されてはいない。それでもいくつかの花束が置かれている。ここが新田直人の殺された場所で間違いはないようだ。

千紗は手をあわせて被害者の冥福を祈った。

村上は清音寺へ来たことはないと言っている。確かに用もないのに来るはずはない。バッジがこの現場に落ちていたということは、誰かがここまで持ちこんだとしか考えられない。

「偶然とは思えない」

優心の死刑執行から一ヵ月も経たずに、彼の育った施設の目と鼻の先で事件が起こり、逮捕された容疑者は元裁判員の一人。関わりを考えない方がどうかしている。

いったいここで何があった。

石段を上ると、住職が掃除をしているのが見えた。近づいて声をかけてみる。

「こんにちは。ご無沙汰しています」

「ああ、松岡先生」

鞄からメモ用のリーガルパッドをとり出して、準備をする。住職が案内してくれ、寺の本堂へと通された。

「あれから文乃ちゃんはどうですか」

住職は首を横に振った。

「今もずっとあの調子で、園では口をほとんど利かんのです。まあ、学校やバイトにはちゃんと行っていましてな。外では何もなかったようにふるまっているようです」

文乃らしいな。千紗はそう思った。

「そこがあの子の偉いところでもあり、あの子を苦しめることになっているのだと思います」

そうですねと言ってから、小杉優心の手紙を谷岡に渡したことを伝えた。住職は手紙を受けとってもらえたことに驚き、文乃も喜びますと感謝した。

「実はもう一つ、別の用件があるんです」

千紗は今回の事件の被疑者、村上の弁護人になったことを話した。

「村上さんは犯行を否認しているんです。私も彼が言うことを信じています」

千紗が切り出すと、住職は目を見開いた。

「じゃあ、本当の犯人は今も捕まっていないってことですか」

「私はそう考えています」

うなずくと、千紗は話を続けた。

「くどいくらい警察に聞かれたかもしれませんが、お聞きしたいのは事件当時のことなんです。石段の方で何か目撃されませんでしたか」

「……見ていませんな」

「言い争う声なども聞こえませんでしたか」

辺りは田園風景が広がる静かなところなので、声や物音が聞こえてもおかしくはない。しかしこの質問にも住職は首を左右に振った。

「ほかの職員の方や、子どもたちは何か言っていませんか」

「ううん、私の知る限りでは誰からも聞いておりません」

住職は渋い顔をした。

「人が殺されるなんて物騒な話です。まあ幸い、犯人逮捕が早くてほっとしていたのですが、そういう状況だったんですか。犯人がまだその辺にいるとしたら、子どもたちの安全も気をつけないといけませんな」

「私も全力で頑張りますから。心配でしょうけど、どうか気をつけるようにしてください」

村上の無罪が確定しない限り、警察は別の犯人の捜査などしない。そう思ったが、口には出さなかった。

「ありがとうございました。文乃ちゃんにまた来るから、と伝えてもらえますか」

「ええ、すみませんな。松岡先生」

千紗は礼を言うと、寺を後にした。

その翌日、熊の車で高松に向かった。

村上に接見しに行ったのだが、ジムに通っていると言いつつ実際は飲み歩いていたことが分かっただけで、他には何も得られなかった。熊も他の仕事の合間を縫うように、アリバイ探しを手伝ってくれているが、こちらもダメだ。

「やっぱり裁判員バッジが現場にあったのがおかしい」

熊は首をひねった。千紗はええとうなずく。

「吉沢さんには会ってみたんですが、村上さんが蟬の会の当日、裁判員バッジをつけていたことは覚えていました。そうなるとその日の昼にはバッジは高松にあって、遺体が見つかった時には総社市にあったことになります」

「鍵を握る人物は、やっぱり越智って人かもね」

千紗はうなずく。蟬の会の中心にいたのは越智という元裁判員だ。

村上や吉沢の話では、梨絵から越智の様子がおかしかったというし、何か知っているかもしれない。そう思い、教えてもらった越智の携帯電話には何度もかけた。しかし全くつながらなかったので、直接会いに行くことにしたのだ。一人で行くつもりだったのに、熊もついてきた。

やがて車は高松港に着いた。

駐車場に車を停めてここからフェリーに乗る。越智は画家だ。アトリエ兼自宅は男《お》木島《ぎじま》という島にあるらしい。

めおん号というフェリーに乗りこむと、二人は男木島へと向かった。

「これで越智さんが不在だったら、なんかただの休日みたいだね」

仕事なのに、熊はどこかうきうきしている様子だった。

瀬戸内の島々を眺めながら、フェリーは四十分ほどで男木島についた。

「久しぶりに来たけど、さっそくおもてなしだ」

熊の視線の先には寝そべって毛づくろいをしている白い猫がいた。人口二百人足らずの小さな島だが、猫は二百匹くらいいて猫の島としても知られつつあるという。まずは腹ごしらえと島の食堂でサヨリの天ぷらを食べる。

「食べた、食べた」

熊は腹をぽんぽん叩いていた。

のんきだなあと呆れるが、千紗も人なれした茶トラがいたので頭を撫でてやった。

熊は隣にしゃがんで猫を眺めているが、どこかおっかなびっくりの様子だ。

「今度は仕事関係なしに来られたらいいね」

熊が微笑みかけてきた。千紗は目を瞬かせる。

「知らなかった。熊さんってそんなに猫好きだったんですか」

「え？　いや、ま、まあ」

さてと、と言って千紗は立ち上がる。こんなところで油を売っているわけにはいかない。千紗はスマホで地図を見た。越智のアトリエは、男木島灯台とは逆方向にある小高い丘の方らしい。

車が通れる道は限られていて、古い家々が密集する狭い路地をぐねぐねと野良猫に導かれるように上がっていく。途中に美術館やカフェ、旅館もあって、この季節でもそれなりに観光客が来ているようだ。

「ああ、あれかな」

巨大ネズミのような形をした意味不明のオブジェが置かれていた。木々に囲まれた木造の家は多面体のサイコロのような形で、入り口が分かりにくかった。看板にアトリエＳＯと書かれているのでここで間違いはない。

「すごいな。いかにも変人ですって感じで」

丘の上なので、島々や港が見下ろせる。越智はもともとこの島の住民ではなかったが、脱サラした後、高松から移住したのだと梨絵から聞いた。

「どこから入るんだろ」

熊は木の柵をがたがたと動かそうとした。壊れてしまう気がして止めようとしたが、その前に誰かが坂の下から歩いてきた。

「ひょっとして、叔父さんのお知りあいですか」

ヒゲを生やした男性だった。千紗は手を横に振って違うのですが、と名刺を見せた。

「弁護士なんです」

「ああ、相続の関係ですね」

「いえ、越智さんに会いに来たんですが、今日はご不在でしょうか」

「あれ？　知らないんですか」

千紗は熊と顔を見あわせた。

「叔父は死にましたよ」

「えっ」

思わず声に出た。死んだ？　そんなことがあるのか。蟬の会があってまだ二週間くらいだろう。確かに越智の調子が悪くなって蟬の会が早めに終わったと聞いたが、それほど体調がすぐれなかったのだろうか。

「どういうことですか。亡くなったって」

「自殺したんですよ。そこの林で首を吊《つ》って」

熊は開いた口がふさがらない様子だった。だが千紗も同様だ。

「自殺で間違いないんですか」

「警察も調べていきましたし、間違いないでしょう。公には伏せていますが」

「遺書とかはなかったんですか」

「ううん、あったらよかったんですけど。何でこんなことになったのか分からないからショックでして」

越智の甥《おい》だという男の話では、遺していった作品をめぐって親族間でトラブルが起きているらしい。弁護士と聞いてその関係で来たと思ったようだ。

もしかして越智が新田を殺した犯人であり、それを悔いて自殺したのではないか。

そんな考えがふっと浮かんだ。

「この日の晩ですが、越智さんの姿を島で見ませんでしたか」

千紗は手帳のカレンダーを見せながら、事件のあった日のことを訊《たず》ねた。

「ああ、いましたね」

「間違いないんですか」

「ええ、叔父はいつも規則正しい生活でして。いつも夜七時ごろに私の経営している食堂に晩ごはんを食べに来るんです。その日も見かけましたよ。さっきまで高松にいたって話していましたから間違いないです」

新田が殺された時間は午後八時ごろだ。

男木島と四国をつなぐルートはフェリーだけ。スマホで最終便を確認したが、男木島からのフェリーは午後五時で終了だ。完全にアリバイがある。ということは越智は犯人ではない。

「ありがとうございました」

千紗と熊は礼を言ってアトリエＳＯを出た。

「まさか自殺しているとはね」

「何でだろう……やっぱりおかしい」

これで死刑に票を投じたすべての裁判員に何らかの形で接したことになる。あの日の蟬の会に出席した三人のうち、一人が殺人容疑で捕まり、一人は間もなく自殺……謎は解けるどころか深まるばかりだった。

2

曇り空の下、陶子はトレーニングウェアに着がえた。

いつの間にか寒さはやわらいでいる。午前中に仕事をあらかた済ませると、いつものコースを走った。走ることだけに集中していると、神経が研ぎ澄まされてくる。しかし今日はそうはいかなかった。今夜、智也に会うと思うと、どれだけ走っても心はざわついていた。

自宅に戻るとシャワーを浴び、車に乗った。父のいる病院へと向かう。もらった名刺には、新田智也と刻まれている。彼はどういうつもりで自分に会いにきたのだろう。わざわざ模擬裁判に参加してまで会おうとしたのだから、普通ではない。彼はどこまで知っているのだろう。

──トモヤの言うとおりだった。

殺される前、直人は確かにそう口にした。

「お父さん」

病室の父に語りかけた。

もう父が目覚めないことに諦めはついていたが、こうして横になっているのを見ていると、自分のしたことが恐ろしくなる。

思えばこれまでの人生は父の影響がずっと強かった。

専業主婦の母はおとなしい人で、父に従順だった。父に厳しくしつけられた自覚はない。有形の暴力はおろか、怒鳴られた記憶すらほとんどない。だが父の存在は絶対的なものとして常に陶子の前にあった。

　裁判官は転勤が多い。せっかく仲のよい友達ができてもすぐに別れてしまい、人づきあいを深めることが苦手になってしまった。だが勉強は得意だった。だから転校したばかりでも先生には褒めてもらえたし、クラスメイトには一目置かれた。

　満点をとれば父が褒めてくれた。間違えないでいることは自分の存在理由のように思われ、何よりも大事なことだった。当たり前のように東大に進み、当たり前のように在学中に司法試験に通った。自分の意思でなった裁判官ではあったが、本当にそうだったのかと思わなくもない。それだけ父の影がまとわりついていたように思う。

　これから智也に会いに行く。

　彼がすべてを知っていて、警察に通報されればそれで終わりだ。ひょっとすると、父とは今日でお別れかもしれない。

「お父さん、ごめんなさい」

　もう一度声に出して謝ると、父の眠る病室を出た。

　岡山駅まで行き、吉備線の電車に乗った。

　天気予報は曇りのち雨。念のために折り畳み傘を用意した。

　トモヤのことを知りたいと思っていたが、こんな形で会うことになるとは。智也が私に話したいこととはいったい何だ。何時間も考えたあげく、会ってみなければ分からないというところに落ちつく。

待ちあわせ場所は、足守駅の改札だった。

時間より少し早く来たが、改札前には優しそうな顔立ちをした青年がスマホを見ながら立っていた。新田智也。もう逃げることはできない。

近づくと、智也の方も気づいたようで軽く会釈した。

「日下部判事、すみません」

陶子も同じように頭を下げる。

「新田さん、お話とは何でしょうか」

「とりあえず、場所を変えましょう。来ていただきたいところがあるんです」

智也はそう言うと、駅を出て歩き始めた。外は雲が出ていてうす暗い。

「暗いですけど、まだ雨は降らないようですね」

そういえば、兄の直人を突き落とした時もこうだった。清音駅からこでまり園のある寺まで、直人の後をついて行った。その時のことが思い起こされる。

しばらく歩くと、智也は足を止めた。

雨が降り出しそうな雲ではなくアパートを見上げている。

見覚えがあった。ここは新田直人の住んでいたところだ。だが思ったより動揺はしていない。

「死んだ兄はここに一人で住んでいたんです。働いていないのに高い車やバイクに乗っていました。うちの親父《おやじ》は甘くて」

陶子は直人の乗っていたバイクを思い出しながら、そうですかと感情をこめずに応じた。智也はポケットから鍵を取り出した。

「こっちの部屋です」

侵入した際の記憶がよみがえる。バイク雑誌や司法試験の受験本が散乱していたことは覚えている。ここでトモヤにつながる何かを必死で探した。

「きっと犯人がここに侵入したんですよ」

智也は眉間にしわを寄せた。

「どうしてそう思うんです？」

「散乱しているように見えるんですけど、ちゃんと法則性があるんだそうです。片づけようとすると、いつも怒られました。ジャンルごと、お気に入り順、なんてね。それが見事にぐちゃぐちゃにされていたんです」

そうだったのか。あの時はあせって室内をひっかき回した。もともと散らかっていたので大丈夫だと思っていた。

智也はふうと息を吐きだすと、自分の家庭について語り始めた。

彼の父親は地元では知られた建設会社の社長だ。智也も有名私大を出た後、役員を務めているらしい。

「頭は悪くなかったんです」

「はい?」

「兄、直人のことですよ。父の会社については僕が後を継ぐ形になっていますが、本気で努力していたら、むしろ僕よりもできていたかもしれない。でも高校受験で失敗してからはやる気をなくしてしまっていて。ひきこもりみたいになってたんです。最近は司法試験を受けるって勉強していたんですが、形だけで」

新田直人はどうしようもない男だったようだ。ろくに勉強もせずになんとか大学にはいれてもらったが、そこでも怠けて遊んでばかり。卒業後、仕事もせずにふらふらしていたらしい。

「いつかおかしなことに巻きこまれるんじゃないかと思ってました。兄だけじゃなく、ほかの誰かに迷惑をかけたらどうしようって僕も気が気でなかったんです」

「そうでしたか」

「父も息子には甘い人だったし、強く言いにくいんでしょう。情けない話です」

噛《か》みしめるように、智也は語っていった。

「でもね、そんな馬鹿な兄でも、僕にとってはたった一人の兄弟だったんです」

智也はしっかりと陶子を見すえた。

「だから兄を殺した犯人のことが僕は絶対に赦せない」

智也は怒りをにじませた。

わざわざ兄の部屋を見せておいてこの言い方。やはり陶子が犯人だと気づいていて、自首をすすめる気なのか。

そんな陶子のかんぐりをみてとったのか、智也はふっと笑った。

「……なんてね」

「えっ」

智也の口元がいつの間にか弛緩していた。

「僕はね、兄を殺されたことなんて、どうでもいいんです」

不敵な笑い顔は兄の直人にそっくりだった。まさか……。

「判事、あなたですよね？　兄を殺したのは」

智也は刺すような眼差しでこちらを見つめた。

「何を言ってるんですか」

動揺を表に出さぬよう冷静に返した。

落ちつけ。これは智也のはったりかもしれない。陶子に揺さぶりをかけて反応を確かめ、ぼろを出すのを待っている可能性もある。

「さすがですね、判事」

智也はふっと口元を緩めた。

「こんな状況でも平然としている。なかなかできることじゃありません。でも残念ですが僕にはあなたが殺したのだと分かるんです」

智也はスマホをとり出し、差し出した。

動画が再生されている。八年前のコンサート会場が映っていた。あの時新田直人に見せられたものと同じだ。

「兄はこの動画をネタに、死刑評決に関わった連中を脅そうとしていました」

連中？　やはり陶子だけではなくほかにも脅されていた人間がいたのか。

「というよりそもそも、この計画を考えたのは僕なんですけどね」

陶子は奥歯を嚙みしめた。

——トモヤの言うとおりだった……死の直前、直人が口にした言葉の意味がここまで来てようやく分かった。

「最初は越智という裁判員を脅しました。ネット検索すればすぐに特定できたのでね。ブログでは判断に間違いはなかったとあんなに偉そうなことを言ってたのに、この動画を見せるとぽっきり折れてしまいましてね。つまらないことにこの前、首を吊って死んでしまったようですね」

やりかけのゲームのデータが消えてしまったかのような話し方だった。

越智が自殺したことは親戚の人に聞いて知っていた。なるほど……陶子に電話をかけてきたり、蟬の会でも彼の様子がおかしかったりしたのは、そういうわけだったのか。彼の真面目で責任感の強い性格が自殺を選び取ってしまったのだろう。

「あの死刑評決が間違いだったとしても、裁判員はそれほど苦しまない。そう思っていたのにあれほどショックを受けるとは意外でしたよ。越智はいわば予行練習でしたから、十分な成果でした」

「予行練習って」

「本命は最初から日下部さん、あなただった。脅した時、越智に確認しました。死刑に票を投じた裁判官があなたであることを。いくら死刑になるべきでなかった者が死刑になっても、裁判員個人には責任がない。でも裁判長のあなたはそうじゃない。永遠に判決に名前が残るし、出世にだって影響する。一番困るのはあなたでしょう」

あまりのことに、陶子は言葉を返すのを忘れていた。

「それでも不安でしたよ。いくら脅しても、判決時には動画のことは知らなかったと開き直られれば終わりですからね」

「………」

「ですが思わぬところであなたの弱みを握ることができました。僕は物陰でずっと見ていましたよ」

智也はこらえようとしているが、頬が緩んでいた。

「あなたが黒のダウンジャケットにジーンズ姿で清音駅前に現れたところも、清音寺で兄を石段から突き落としたところも、兄の財布や鍵を持っていったところも」

現場にいなければ絶対に分からない情報だった。

言い逃れなどできようはずがない。もう間違いない。この智也はすべてを知っている。それでいながらここまで、陶子の反応を見て楽しんでいたのだ。

「実は僕も兄には手を焼いていたんです。八年もの間、押しとどめておくのは大変でした。いつまで待てばいいんだ。永遠に死刑が執行されないんじゃないかって暴発寸前でした。あのままだと自滅しかねなかった。兄だけが滅ぶならいいですが、僕まで巻きこまれたらたまったもんじゃない。だからある意味、あなたには感謝しているんです」

その気色の悪い笑みを見つめながら、陶子は表情を変えなかった。だがめらめらと黒い炎が心を焼いていく。この男の兄を殺した自分が言えた柄じゃないことくらい分かっている。だがこの男は兄以上の正真正銘の悪だ。

「新田さん、おっしゃっている意味が分かりません」

「金ですよ。三千万。安いものでしょう」

直人が提示したのと同額だった。

「金さえいただけたらこの動画はお譲りします。ああ、心配いりませんよ。これっきりです。動画はこの一つだけ。コピーは手元に残しませんよ」

ふっと智也は笑った。

「僕も馬鹿じゃありませんからね。取引が不成立になってあなたに自首されてしまってはゲームが終わってしまうんです。可能な限り、ぎりぎりのラインを狙ってあなたからむしり取る。趣味で投資家なんてやっていると、そういうスキルは自然と身につくものでしてね。心得ていますよ」

兄を殺されたことさえ、取引の材料に使う。その軽薄さが逆に智也の言葉の真実味を高めているように思えた。

「お金は振り込めばいいんですか」

「現金でいただきたいですね」

可能な限り、形跡は残したくないということか。

しばらく間があき、陶子はゆっくりと息を吐きだした。

「新田さん、一つ聞きたいんですが」

「はい？」

「あなたはお金に困っていないのでしょう？　それなのにどうして危険をおかしてまでこんなことをするんです」

「一度きりの人生です。楽しみたいじゃないですか」

思わぬ言葉に、陶子は声を失った。

「楽しみたいって、それだけですか」

「もちろん、それだけですよ」

にこやかに微笑むと、見えた歯が不自然なほど整っていて真っ白だった。

「正気じゃない」

「判事、あなたのおっしゃる通りです。僕は正気じゃないんでしょう。生まれてからお金には不自由していないんで、貧乏な人の気持ちはいまいち分からないんです。酒、女、車、ギャンブル……楽しいことは色々ありますが、僕はもうすべて飽きてしまっていまして。ただし、人を追いつめ苦しむさまを観賞するというのは楽しい。特にあなたのようなトップエリートが堕《お》ちていくさまを眺めるのは快楽だ」

言っている意味がまるで理解できない。私が……評議に参加した全員があれだけ心血を注いで選び取った評決は、こんな男に汚されていたのか。

智也は顔をひきつらせながら笑った。

「村上が逮捕され、あなたはこうして自由の身。さすがに僕もここまでは予想できませんでした。こんなことになるなんてね。もう笑うしかないでしょう。僕が考える理想の形になった」

言葉が出なかった。何てことだ。すべてはこの智也が……。

「さてと判事、こんな話はもういいでしょう。現金はすぐに用意できますよね」

裁判官だから貯蓄が多くあるとふんでいるのか。あいにくだが自分にはそんな大金はない。それにたとえ三千万円を払ったとしても、この男が約束を守る保証などどこにもない。きっとまた気まぐれでゆすりに来るに違いない。こちらがどれだけこういう連中の悪行を見てきたと思っているのだ。

「僕はあなたを屈伏させて金を得る。あなたははした金を払って自由を得る。ｗｉｎｗｉｎ《ウィンウィン》の関係とも言えますよね」

あまりにも軽薄な言葉が聞こえた。

少し間をあけてから陶子は口を開いた。

「分かりました。用意します」

「ありがとうございます。受け渡しの日時などはまた連絡させていただきます」

そこで二人は別れた。

力なく、電車に揺られていた。

――トモヤの言うとおりだった……その言葉の意味を確かめたいとずっと思っていた。こちらの犯行に気づかれていたかもしれないとは予想していたが、まさかこんなことになるとは。

新田智也。すべてはあの男だったのだ。

偶然手に入れた動画から狂った計画を立て、八年越しで実行に移す。兄の直人でさえ、道具に過ぎなかった。

確かにどうしようもない悪人は存在する。殺すことが趣味の猟奇的快楽殺人者もいた。更生などという言葉があまりにもむなしく安っぽいものに思えたことがあるのも事実だ。だがある意味、そういう悪人は病人とも思える。必要なのは治療と隔離であって、悪というのとはどこか違っている気もする。

本当に唾棄すべき悪人は智也のような人間なのではないのか。自分を安全なところに置きながら、巧妙に人に害悪を加えてそれを楽しんでいる。

だがどこかですっきりしている自分がいた。

新田智也と会ったことで、陶子の中にあった霧はどこかに消え失せ、視界が開けている。やるしかない。そもそも自首しない道を選んだ時点で決まっていたのだ。

私はもう一つ、罪を重ねなければいけないようだ。

電車から降りると、スマホに着信があった。智也か。そう思ったが、表示は違う番号だった。

「はい、もしもし」

「日下部陶子さんですか」

かけてきた女性は病院名を告げた。父が入院しているところだ。まさか……そう思いつつ、こちらから問いかけることはできなかった。

「お父さまが亡くなられました」

言葉が出なかった。覚悟はしていたはずだった。だがスマホを持つ手が震えている。父が死んだ。こんな日に……。

陶子は通話を切ると雲を見上げる。雨が一滴、額に当たった。

3

合同庁舎の前にある桜のつぼみが色づき始めていた。

中に入ると、大きなテーブルが中央にあった。岡山地裁刑事裁判官第一研究室。がらがらとキャリーケースを引いた男がやってきて、千紗の隣に腰かけた。村上を起訴した検事だ。眼鏡を額のところにずり上げている。向かい側には書記官がいる。

裁判員裁判に備え、争点整理が行われる。公判前整理手続といって、争点を明確にして裁判員に分かりやすくするための作業だ。検事と弁護士が向かい合わず、就職面接のように並んで座る。この並び方が年配の弁護士には慣れないというが、千紗は初めからこの方式だったので違和感はない。

目の前には女性裁判官が座っている。

千紗は彼女の顔をじっと見つめた。

日下部陶子。村上を裁くのは、奇《く》しくも小杉優心に死刑判決を下した判事だ。髪は短く、まっすぐ横に伸びた眉に切れ長の瞳。首元のしわが年齢を感じさせるが、それでも充分にきれいで女優のようだ。

「検察側は事実を明らかにするため、目撃証人の尋問を申請いたします」

額まで眼鏡をずり上げた検事が言った。

「弁護側はどうです？　無罪を主張していくことは分かりましたが、それを証明する人物などいませんか」

「いえ、今のところ、証人尋問の予定は……あ、検討中です」

準備不足を露呈してしまった。検察側には防犯カメラ映像に加え、目撃証人もいるのか……裁判員バッジという物証もある。一方、こちらには何もない。

「今日はこれ以上、進みそうにありませんね」

陶子は頭の回転が速くて無駄がなく、てきぱきとした印象を受けた。

かつて裁判において、証拠は検察側が独占していた。その圧倒的な捜査力ですべての証拠を手に入れられる検察側は、その証拠を公に出すかどうかも自由だった。つまり検察にとって不利なものはいくらでも隠せたのだ。しかし近年では証拠開示請求があって、その手は通じなくなっている。とはいえまだまだ検察側が有利ではあるのだが。

それからしばらく話し合いが続き、千紗は可能な限りの証拠開示を求めた。

「では次回期日は二週間後ということでお願いします」

「分かりました」

打ち合わせは、思っていたよりも早く終わった。

真犯人を知る手がかりはきっと、小杉優心の死刑評決にあると思う。だが今のところ手づまりになっている。村上のアリバイになりそうなものや目撃証人もゼロだ。ため息をつきながら外に出ると、桜のつぼみを見上げた。ヒヨドリが飛んでいく。そうだ。今まで蝉の会のメンバーばかりに目がいっていたが、こんなところにもう一人いた。あの人だって判決に関わっているではないか。

迷っている暇はない。行動あるのみだ。千紗は今出てきたばかりの建物を振り返ると、再び岡山地裁に戻り、刑事部に向かった。

「弁護士の松岡です。失礼します」

地裁の刑事部裁判官室に入った。

「日下部判事はおられますか」

「ああ、資料室に判決の記録を調べに行きましたよ」

原田という裁判官が親切に教えてくれた。千紗は資料室に向かう。そこには大量の判決記録が並んでいて、棚に向かって立つ陶子の姿があった。こうして見ると、すらっとしていて背が高い。真剣な顔で判例集を読んでいるので声をかけづらかった。

「どうかされましたか」

陶子はこちらを向くことなく訊ねてきた。

「それは、あの……」

ここまで来ておきながら、言いよどんでしまった。美人で背が高く、ベテラン裁判官というだけではない。何か人を寄せつけないオーラを感じる。

「すみません。少し長くなるのですが……」

思い切って千紗は、これまでのことについて洗いざらいぶちまけた。新田直人が殺された事件は八年前の死刑評決が絡んでいると思う、と正直に話した。

「裁判員だった越智さんは最近、自殺されたんです」

ショックな出来事だと思うのだが、陶子は驚く様子もなく、そうですかと小さく答えた。

「判事もあの評決に関わったお一人です。何か気づかれることはありませんか」

「今の段階では分かりません」

千紗は口をつぐんだ。陶子は裁判官だ。一個人として答えられるはずもない。もっと関心をもって聞いてもらえるものだと、どこかで甘えがあったのかもしれない。関係者である、という意識は彼女の中にはないのだろう。あくまで中立的な立場でいることが裁判官には求められる。陶子の反応はもっともだ。自分が恥ずかしくなると同時に、一つの疑問がわいた。

「最後に一つだけ質問させてください」

「どうぞ」

「裁判長が関係者ということになる場合、公正に裁けるんでしょうか」

問いかけるが、返事はなかった。しばらくして陶子は目的のものを調べ終わったのか、資料をぱたんと閉じた。

「松岡さん」

こちらを向き、陶子は千紗の名を呼んだ。

「はい」

「刑事訴訟法の除斥、忌避の規定をご存知よね」

「それは、ええ」

「私が公正に裁けないと思うなら、忌避の申し立てをすればどうですか」

刑事訴訟法第二十条で、裁判官が被害者や被告人の親族などであった場合、裁くことはできないとされている。一方、そういった関係でない場合でも裁判官が不公正な裁判をする恐れがある場合には、刑事訴訟法第二十一条にもとづき、弁護士は裁判官を交代させるよう申し立てをすることができる。

「仮にこの事件が八年前の判決と関係していたとします。でもそんなことで公正に裁けないなら、裁判官など辞めるべきです」

諭すように言うと、陶子は去っていった。

凛《りん》とした……その表現がよく似合う女性だった。

手がかりは特になかったが、日下部陶子の判事としてのプライドは十分に伝わってきた。どんな状況でも自分は間違えない。あくまで公正に裁くことができる。そんな強い覚悟がひしひしと伝わってきた。

千紗はしばらく黙って裁判資料の中でたたずんでいた。

翌日、千紗は熊と共に警察署に向かっていた。

早足で接見室に向かうと、透明なアクリル板の向こうに村上が姿を見せた。

「村上さん、どういうことです？」

こらえきれずに、千紗はいら立ちを言の葉にのせた。

この前、防犯カメラ映像を見せてもらえた。不鮮明な映像で、誰かが新田を押すような様子は映っていたが、それが村上とは言い切れない代物だった。検察側もこの映像だけで村上が犯人と主張しているわけではない。

しかし先ほど、検察が証明予定事実を送ってきた。それによると事件の三日前、新田直人と村上が現場近くで言い争うのを、付近の住民が目撃していたらしい。新田の弟も兄から事件のあった日時に清音寺で誰かに会うと聞いていたという。

「新田なんて人は知らない。現場にも行ったことがない。あなたはそう言っていたじゃないですか」

千紗が責めると、村上は黙りこんだ。

否定してくれるかと思ったが、村上は嘘のばれた少年のようにおどおどしながら、小さな声でわびた。

「すみません」

村上は頭を抱えこんだ。

「嘘をついて悪かった」

何ということだ。吉沢にジム通いの嘘をついたのは気にしなかったが、ここまで重要なことを今まで黙っているとは。全部嘘だったのか。妻の梨絵がどれだけ夫のことを案じていると思っているのか。裏切られたようで、怒りが止まらない。肩をぽんと叩かれる。熊が悲しそうな目でこちらを見ながら、小さく首を横に振っている。いけない。冷静にならなければ。

落ちつけと自分に言い聞かせるように、千紗は深呼吸した。

「あなたは新田さんを殺したんですか」

村上はびっくりしたように大きく首を横に振った。私じゃないと続ける。

「殺してない。それは本当だ。私は殺していない」

「だったらどうして面識があったことを黙っていたんです？」

「ちゃんと教えてください」

熊も言葉を重ねた。穏やかな口調だが、いつになく厳しい目を向けていた。村上は両手で顔を覆うようにしてうなだれた。

「まさか見られていたとは」

「ばれなければいいと思っていたんですか」

熊が呆れて声を上げると、ため息だけが返ってきた。

少し間をあけて、千紗は静かに口を開いた。

「隠していたことはもういいです。ただしどうか今からは全部、正直におっしゃってください」

村上は組んだ指の間から千紗を見つめた。

「私たちはあなたの弁護人です。あなたにとって不利なことでも、全部伝えていただけないなら、助けようがありません」

人は自分が不利になる情報を隠しておきたいと思うものだ。そういう弱さは誰にだってある。村上を責める気持ちがだんだん収まってくると、今度は自分が情けなく思えてきた。嘘をついて隠されたのは弁護士としての自分の力不足だ。信用されていなかったのかもしれない。今度こそちゃんと心を開いてもらいたい。

しばらく沈黙が続き、村上はようやく口を開いた。

「私は最低の人間です」

村上の声は震えていた。

「誰にも言っていないことがあります」

「何ですか」

「私は脅されていたんです」

思わぬひとことに、熊と千紗は口を閉ざした。

「八年前、裁判員をした時のことです。ある男が現れて、小杉優心の死刑に票を投じてくれたら金を払うって。とりあえず五万円。死刑という判決が出た時は成功報酬で十万円。最初は被害者側の人間かと思いましたよ。でも違ったんです」

「ひょっとしてその人物は」

「新田直人でした」

千紗は黙ったまま、唾を一つ飲みこんだ。それが事実だとしたら、何ということだろう。質問が途切れた。

「どうして新田はあなたに接触することができたんですか」

代わりに熊が問いかける。村上はため息をついた。

「あいつは言っていました。裁判を傍聴し、公判が終わった後、裁判所から出てくる私の後をつけたそうです」

よくそこまでするものだ。千紗はそう思ったが、口は閉ざしていた。

「死刑評決後、お金は？」

「もらいました。借金があったからちょっとでも欲しかった。その後、ずっと何もなかったからそれで安心していたんです。でも最近になって、またやつが現れました。

八年前にお金を受けとったことをネタに、あいつは今になって私を脅しに来たんです。あの事件現場のところに呼び出してね」

村上は興奮気味に訴えた。

「でも昔とは違って私には妻がいる。子どもだって生まれてくる。借金だって返済し終わった。私は八年前にもらった金を叩き返しましたよ。これ以上つきまとうなら警察にすべてをぶちまけるって怒鳴りました。必死だったんです。目撃者にはきっとその時に見られたんでしょう」

村上は頭を抱えた。

「だが信じてくれ！　それとこれとは別の話だ。私は本当に殺していない。嘘をついて隠していたのは、このことを妻に知られたくなかったから……それだけなんです」

信じがたい話だった。熊も渋い顔をしている。

「村上さん、僕は分かりません。裁判員を買収するなんて。しかも一人の票を買ったところで判決への影響は九分の一。荒唐無稽な話に思える。死人に口なしで新田さんはもうこの世にいませんし、確かめようがない」

おそらく誰もがそう思うだろう。だが村上の話も筋は通っている。

「私は信じます」

千紗が言うと、ようやく村上は顔を上げた。

一票とはいえ、自分の意見として発信することで、周りに影響を与えることは可能だ。評決は多数決なのだし、一票の重みは非常に大きいと言える。

「あなたの言葉を信じて、無罪弁護していく方針に変更はありません」

「松岡先生」

「ただ教えてください。あなたはお金のため、死刑に一票を投じたんですか」

「そうじゃありません。私は真剣に考えていました。買収を持ちかけられたことなんて関係なく死刑だと思った」

反射的に村上は答えたが、首をかしげた。

「……そう言いたいが違うかもしれません。死刑になれば金がもらえる、悪いことしたやつだし、しょせんは他人だろって。そう思っていたんじゃないかと言われれば、そうかもしれない」

千紗はしばらく口を閉ざして、うなだれる村上をじっと見つめていた。

「村上さん、あなたにお伝えしていないことが一つだけありました」

無言のまま、村上はゆっくり顔を上げた。

「越智さんが自殺されました」

えっと言ったまま、村上は青ざめた顔で沈黙した。かすかに震える彼の手を見て千紗は思った。これは演技ではない。村上が嘘をついていたことはショックだったが、その後の彼は嘘をついていないように思う。

「私は越智さんの自殺も今回の事件に関係していると思うんです。気がついたことは何かありませんか。どんな小さなことでも構いません」

頭を抱えながら、村上は黙りこんでいた。しばらくしてから何かつぶやくように言った。しかし小さ過ぎて分からない。

「村上さん、今何と言ったんですか」

「動画です」

千紗は動画とくり返した。何のことだろう。

「八年ぶりに新田に会った時、あいつはこの動画を見ろと言いました。でも私は知るかと言ってスマホを払いのけると、金を叩き返してそのまま帰ったんです」

「動画って何だったんですか」

「分かりません」

どうやら村上にもそれ以上は分からないらしい。だがもしこの動画が鍵となっているとしたら。もしかすると自殺した越智も、同じように呼び出されていたのかもしれない。そしてその動画を見せられたとしたら……少しずつ事件の輪郭が浮かび上がってくる感覚だった。

それからも千紗はあれこれ問いかけるが、村上は越智の自殺がさすがにこたえたようで、これ以上は無理そうだ。

「俺はなんて情けない人間なんだ」

うなだれながら、村上は涙を流した。

千紗はまた来ますと言い残して、熊と共に接見室を後にした。

何台も車が追い抜いていく。のろのろ運転だった。

「それにしても千紗ちゃん、もし村上さんの話が事実なら、新田は何てやつなんだろう」

熊の言葉にうなずく気力もなかった。ただでさえ苦しいのに、村上は新田直人と面識があったことを認めた。しかも清音寺へ行ったことがあったとは。

それでもまだましかもしれない。いきなり法廷でこのことが明らかになれば、対応のしようがなかった。今ならまだ破綻しない筋道は作れる。

「検察側の手持ちのカードはだいたい見えました。でも……はっきり言ってこのままでは有罪になってしまいます」

現場に残った裁判員バッジ、これに加えて被害者と争っていたところを見たという目撃証人もいるという。検察側は十分勝てると踏んでいるだろう。

「真山先生に頼めば、また助けに来てくれるんじゃない？」

千紗が睨むような表情で返すと、熊は苦笑いを浮かべた。

「冗談、冗談。自力だよ」

千紗はこれまでのことを思い出していた。

死んだ越智も含めれば、小杉優心に死刑の票を投じた裁判員四人、全員に接触した。今のところ、これといって事件との関連性はつかめない。だが新田が村上を脅していた事実、それに動画とはいったい……。

「熊さん、新田直人の交友関係を調べることはできないでしょうか」

「ダメだね。きっと教えてもらえない」

熊は首を横に振った。

弁護士は被告人の味方だ。被害者側の人間からすれば、憎い相手を救おうとする敵に見えてもおかしくない。協力を取りつけるのは容易ではない。

「そうですよね。でも何か糸口はあるはず。あきらめずに探ろうと思います」

「ああ、頑張ろう」

熊は丸亀の法律事務所に戻ることになった。

「じゃあ、熊さん、ここで」

駅で降ろしてもらい扉を閉めようとした時、熊が千紗の名を呼んだ。

「……必死になれるのは才能だと思う。でも一人で抱えこまないでね」

「ありがとう。頼りにしてます」

熊は少し照れたように微笑んだ。


それから向かったのは、総社市にあるこでまり園だった。

小杉優心に死刑が執行されてから二ヵ月が経った。ずっと音信不通だった文乃からメールが入った。話がしたいということだったので、すぐに向かうことにしたのだ。

夕暮れの中、こでまり園では子どもたちが鬼ごっこをして遊んでいた。

住職が鐘つき堂の方から手招きしている。子どもたちは歓声を上げて駆けよると、撞木《しゅもく》からぶらさがっている縄を競い合うように手にした。帽子を後ろ前にかぶった少年が、思いきり反動をつけて鐘を打ち鳴らした。きれいな夕焼け空に鐘の音が響き渡っていく。

「次は俺の番だろ」

「なんで？　今、代わったばっかだよ」

鐘つきは交代でやっているようだ。子どもって本当にこういうことが好きだなと千紗は微笑む。どの子も楽しそうだ。

帽子の少年のつき方はうまかった。清音の町全体に響き渡っている。こんな小さな子どもが打っているとは普通思わないだろう。

住職が千紗に気づいて会釈する。子どもたちがあれ誰？　とこちらを指さして聞いているようだ。住職が千紗に向かって手で合図を送ってきた。何だろうと手で示す方を見ると、視線の先に文乃がいた。鐘つき堂の石段に腰かけている。

大きな鐘の響きにも、文乃は顔を上げることはなかった。

ピンと足を伸ばしながらスカートを少しだけめくると、陶器のようにきめの細かい足が見えた。虫に刺されたのかくるぶしの辺りをきつく掻いている。

「あとが残っちゃうよ」

側に駆けよりながら声をかけると、文乃はようやく顔を上げる。こんにちは、と聞こえるかどうかの声で言ったきり、すぐに無言のままた掻き始めた。

千紗は文乃の隣に腰かけた。二人でしばらく無言のまま、子どもたちがつく鐘の音を聞いていると、文乃が口を開いた。

「千紗先生、ありがとう」

「え？」

「優心の手紙、届けてくれたんでしょ」

文乃は山に沈んでいく夕陽を眺めながら、噛みしめるように言った。

「優心の本当の気持ちはあの手紙で分かったし、千紗先生がそれを届けてくれた。優心が死んでしまったのは悲しいけど、今は仕方なかったんだって思います」

仕方がない。その言葉を口にできるほど、文乃の中で整理がついたということか。

「文乃ちゃん……」

千紗が言いかけると、スマホに着信があった。せっかく文乃が語ってくれているのに、間が悪い。

どうぞ、という文乃の視線を受けてポケットからとり出すと、思いもかけない人物からだった。

「どうしたんです？　誰からですか」

「ご遺族の谷岡さん」

文乃は目を瞬かせた。

「千紗先生、早く出て」

うなずくと「応答」をタップした。

「松岡です」

少し遅れて谷岡は名乗った。

「小杉優心からの手紙、妻にも見せました」

「あ、はい」

どうだったのだろう。気になったが、谷岡はそれについては何も言わなかった。

「こちらからも逆にお見せしたいものがあるんです」

思わぬ申し出だった。見せたいもの？　何なのだろう。

「小杉優心に関係するものです」

千紗は思わず、文乃の方を振り向いた。文乃は心配そうな表情でこちらをじっと見つめている。

「さっそくですが、明日でどうでしょうか。ちょうど土曜日ですし、自宅まで来ていただけますか」

「ええ、構いません。大丈夫です」

「それではお待ちしています」

通話は切れた。文乃が待ちきれなかったように顔を近づけてくる。

「何のお話だったんですか」

通話中、小杉優心の名前が聞こえたのだろうか。千紗はありのままに説明した。

「そういうわけで、明日、ご遺族のところに行くことになったの」

「千紗先生、私も連れていってください」

そう言うと思った。これも何かのタイミングなのだろう。彼女は誰よりも小杉優心に近かった人間だ。知る権利はあるだろう。そう思い、千紗はうなずいた。

4

抜けるような空の下、桜が舞っていた。

岡山から電車でやってきた文乃を坂出で拾うと、丸亀の千紗の実家でうどんをごちそうした。その後、車は高松方面へ。そしてさぬき市寒川町へと急いだ。

やがて車は谷岡宅に着いた。

二人は車を降りて呼び鈴を鳴らす。すぐに谷岡が顔を見せた。

「そちらの方は……」

「伊東文乃といいます」

千紗が紹介する前に文乃は自分から名乗った。小杉優心の幼なじみであると。谷岡はうなずくと、二人を中に入れてくれた。

妻の秀美の姿はないようだ。

招かれるまま、居間に足を踏み入れる。仏壇のところには遺影があって、いがぐり頭の少年がサッカーボールを手に微笑んでいる。

千紗と文乃は手をあわせて、唯斗のために祈った。

きっといつもと同じように休日を楽しんでいたのだろう。それがこんなことになって……つらかったね、苦しかったね。そうだ。小杉優心の死刑執行、村上の弁護、頭の中にはいろんなことがごちゃまぜになってきているが、幼くして死んだ唯斗の存在こそが、最も忘れてはいけないことなのだ。

目を開けると、谷岡が一通の封筒と、USBメモリのようなものを持ってきた。千紗は手渡された封筒を見る。差出人の名前はない。

「これはいったい？」

答える代わりに、読んでくれとばかりに谷岡はそれをあごでさした。

千紗は失礼しますと言って封筒から手紙をとり出す。隣に座る文乃にも見えるように広げた。

——突然のお手紙で失礼します。

私は八年前、小杉優心の裁判に関わった者です。私は死刑に一票を投じました。私はずっとその判断に間違いはないと思い続けてきました。

ですが先日、ある若い男が訪問してきました。そして私は彼にある動画を見せられました。そこにはあの日のことが克明に映し出されていたのです。この事実を知っていたら、私は死刑には票を投じていなかったでしょう。

このことをお伝えしていいものかどうか、私は迷いました。谷岡唯斗さんのご両親がこの動画のことを知っても不快に思われるだけかもしれません。ですがあの時の真実をお伝えすることが、私にできる唯一の償いだと思いました。

唯斗さんのこと、本当にご無念であったと思います。

最後にもう一度、唯斗さんのご冥福と、谷岡ご夫妻が心安らかに日々を送られますよう祈らせていただきたいと思います。

送り主に心あたりがあった。

というより彼しかいない。越智だ。きっと村上が新田に見せられようとした動画を、越智はなんらかの方法で入手していたのだ。千紗が顔を上げると谷岡は無言でうなずきながら、USBメモリをパソコンに差しこんだ。動画を再生する。こんな形で村上の言っていた動画にたどりつけるとは思いもしなかった。促されるまま、千紗は画面をのぞきこむ。文乃も食い入るように動画を見つめた。

映し出されていたのは一人の少年だった。

「これは……優心?」

文乃が声を上げた。

千紗もうなずく。間違いない。これは八年前、高松駅近くで行われたチャリティコンサートの映像だ。ここに何が……興奮をねじ伏せながら眺める。

そこに映っていたのは、思いもかけない真実だった。

千紗と文乃はしばらく言葉を失っていた。

小杉優心は唯斗が爆発に巻きこまれるのを防ごうとしていた。

起きてしまった事実は変わらない。だがこの事実は間違いなく量刑に影響する。もしかすると騒ぎを起こしたかっただけで、殺人など意図してはいなかったのかもしれない。爆発の威力も想像より大きかった可能性もある。そうなると事実認定も変わるかもしれない。もし自分が評議に参加していて、この動画を見せられていたらどうだったろう。
——死刑は……ない。
理屈より先に答えが出ていた。
殺す意図がなく結果的に人が死んだのなら、おそらく重過失致死罪だろう。死刑か
どうかなど、争う余地もない。
千紗ははっとして文乃の方を向く。文乃は口を真一文字に閉じている。何も言わな
い。表情も変えない。ただ何回も何回も動画をリピート再生していた。静まりかえっ
た室内に、コンサート会場爆破の動画だけがくり返し流れている。
「殺人は殺人よ」
女性の悲痛な声が沈黙を破った。はっとして顔を上げると、そこには谷岡の妻、秀
美の姿があった。
「これを私たちに見せてどうしろって言うの？　唯斗が死んでしまったことに変わり
はないわ。助けようとするくらいなら初めからこんな馬鹿なことしなきゃいいだけじ
ゃない。なんて無責任なの。死刑で当然でしょ」
秀美の顔は、苦痛に歪《ゆが》んでいた。

「おかしい？　あいつがしたことがこんなことで赦されちゃたまらないわ。だいたいなんで裁判で何も言わなかったの」

横で谷岡もうなずいている。千紗は口を閉ざしたままだった。

「あなたたちはどうして殺人者の肩を持つわけ？　私には分からない。被害者と加害者、どっちを大事にするのよ」

その言葉を最後に長い沈黙が流れた。

大切な息子を失い、地獄のような日々。死刑が執行されてようやく静かに暮らし始めようとしていたのだろう。それなのに今さらこんな動画を見せられては、心がかき乱されて当然だ。

「顔はきれいだったの」

思いを吐きだした秀美は、遠い目で遺影を見つめていた。

「え？」

「顔はきれいだった……警察のお偉いさんの発した言葉が今も頭に残っているわ。正確には『は』の一文字だけど」

顔はきれい。それは別のことを意味していた。つまりは……。

「しばらくの間、何も手につかず、自分でもよく分からない真っ白な霧の中を歩いている感覚だったわ。何もできない。生きているのか、死んでいるのかもよく分からない。そんな異常な時間の感覚が自分の中に渦巻いていたの」

谷岡は秀美の肩にそっと手を当てた。

「小杉優心は最後の質問の時、薄笑いを浮かべていたわ。あいつは全く反省なんてしていなかった」

歯を噛みしめた秀美の目には、今も憎悪がたぎっていた。谷岡もうなずく。

「あいつの本性を見た時、失っていた自分の感覚がよみがえってきて、心の底にあった怒りが抑えられなくなってしまったの。刑務官の横に座った彼につかみかかろうとしたわ。殺してやる。そのマグマが一気に噴出した。でも小杉に指一本触れられないまま引き離されたの。何であんなに無力なんだろうって思ったわ」

千紗と文乃はひとことも言葉を発することができなかった。

「死刑は難しい。検事は正直に話してくれたわ。もちろん求刑はするけれど、おそらく無期懲役になるだろうというのが検事の予想だった。私ね……もし死刑判決が出なければ、自殺するつもりだったのよ」

秀美の告白に、谷岡は驚いた顔を見せた。

そのことはどうやら夫も知らない事実だったようだ。

「でもその予想をくつがえし、小杉は死刑になった。神様っているんだと思ったわ」

そこで秀美の告白は終わった。

「どうしてこの動画を私に？」

問いかけると、谷岡が以前渡した小杉優心の手紙を持ってきた。

「これもお返しします」

谷岡はUSBメモリと越智の手紙を差し出した。

「今日はおいでいただき、ありがとうございました。あなた方に聞いてもらえてよかった。こんな話、他の誰にもできませんからね。でもどうかもう、そっとしておいてください」

千紗は口を閉ざす。誰も何も言わない。時計が進む音だけが部屋の中に響いていた。

谷岡家を出て、千紗は海沿いに車を向け、しばらく走った。

助手席で黙りこんだ文乃に、千紗は言葉をかけることができずにいる。あんな動画を見せられるなんて、思いもしなかった。いまだに頭がくらくらする。

「少し歩こうか」

浜に着くと車を停め、二人で海岸を歩いた。

遠くに犬の散歩をしている人影が見えるが、まだ四月なので人はほとんどいない。

文乃は立ち止まると、瀬戸内海の穏やかな海をじっと見つめていた。風が頬を撫で、海の匂いが鼻をくすぐった。

海を見に来るのは久しぶりだな。

そう思っていると文乃は突然、靴と靴下を脱ぎ捨てて、広い砂浜を走り始めた。波がよせる音に、文乃の足音が溶けていく。千紗も裸足《はだし》になる。砂の感触が気持ちよかった。

初めて会った時、芯の強い子だと思った。どうしようもない困難であっても諦めないというのは、まるでちょっと昔の自分を見るようでもあった。

やがて文乃は、足がもつれてその場に倒れた。そのまま動かない。千紗が駆けよると、大丈夫と言って砂を払い、体育座りの恰好になった。

「千紗先生……」

おぼろ雲を見上げながら、文乃はつぶやく。

「私、ぜんぜん分かっていなかった」

「文乃ちゃん」

「私はずっと、優心のことばかり考えていて、殺されてしまった子やそのお父さん、お母さんのことを考えていませんでした。まず考えないといけないのは、その人たちのことだったのに。すごく勝手だった」

そう言ってから首をゆっくり左右に振った。

「ううん、今もすごく勝手なの」

文乃は決して小杉優心のことだけを考えていたわけではない。遺族のためにも優心の心を開きたいと言っていた。

「私、遺族の方たちのお話を聞いてショックだったんだけど、本当はそれよりもあの動画がショックだったんだ」

文乃は立ち上がると、真正面から千紗を見つめた。

「なんで優心、助けようとしたって言わなかったの。なんで誰も気づかなかったの。きっと死刑にならなくてすんだのにって……すごくむかついてきたの」

「……文乃ちゃん」

「償って欲しかったよ。謝って欲しかったよ」

千紗は黙ったまま、文乃のうるんだ瞳を見つめていた。

「けどそれよりも何よりも、ただ生きていて欲しかったんだよ。唯斗くんの命を奪っといて勝手だけど、私は優心を殺して欲しくなかった」

瀬戸内海を背にしながら文乃は大声で叫んだ。

「こんなの嫌！　何で殺しちゃったの？　こんなことあり得ないよ！」

文乃の頰を大粒の涙が伝っている。鼻水と涙でくしゃくしゃになりながら、しばらく叫び続けた。

もしかしたら小杉優心は、罪の意識からあえて誰にも真実を言わず、死刑を受け入れて死んでいったのかもしれない。千紗はそう感じ始めていたが、そのことを言葉にすることはできなかった。

叫び続けた文乃は、糸が切れたように砂浜に倒れ込んだ。

大の字になって空を見上げている。千紗は何も言葉をかけることなく、その横に真《ま》似《ね》するように仰向けになった。雲がちぎれて流れていく。白い鳥が飛んでいく。小さな波が音を立てて砂を洗っていく。

黙ったまま時間が流れ、辺りはうす暗くなってきた。さっきまで興奮して体がほてっていたが、寒さが静かに忍びよってきた。

「ねえ、文乃ちゃん」

千紗は体を起こし、髪についた砂を払った。

「私、あの動画を見てからずっと考えていたの」

文乃は大の字になったまま、顔をこちらに向けた。

「どうして今ごろになって出てくるんだろうって。小杉優心が黙っていても、動画さえあれば真実は誰の目にも明らかだった。判決もきっと違っていた」

あの手紙に書いてあった動画を見せにきた男。それは死んだ新田のことだろう。

「わざと隠しておいて、死刑が執行されてから出したとしか思えない」

「……そんなこと」

文乃も上体を起こす。固い表情で海の方をしばらく見つめていた。波が打ち寄せて、ひいていく。千紗が立ち上がろうとすると、文乃は口を開いた。

「千紗先生って今、清音寺の事件で捕まった人の弁護をしているんですよね。その人はやってないって言っているんでしょう？　和尚さんに聞きました」

ええと千紗は静かにうなずく。

「私、見たんです。事件のあった日、逃げていく人を」

文乃はしっかりとこちらを見つめていた。

「え？　見たって村上孝宏さんのこと？」

「いいえ、男の人じゃない」

文乃は断言した。

「女の人……瘦せていて、背が高い」

女性と聞いて裁判員だった梨絵のことが浮かんだが、彼女は千紗とあまり背は変わらない。それに妊婦だった。その特徴はまるで当てはまらない。

現場で見たのが村上でないという証言はありがたい。だが事件の真相が小杉優心の死刑評決と関係しているという推測は、全くの見当違いなのか。もう一度、知っている関係者の顔を思い浮かべてみる。

「あっ」

千紗は目を大きく開けた。まさか……。

日下部陶子。

あの人が真犯人なら一番動機が分かりやすいではないか。判決を下した立場としてこの動画を公にされるわけにはいかない。裁判官による口封じの殺人。まさかそんなことはあり得ない。だが万が一、それが真実だとしたら……。

「文乃ちゃん、このことを警察には？」

問いかけに文乃は首を左右に振った。

文乃が見た人物が陶子と決まったわけではないが、その人物が女性だったという情報だけでも得られたことは大きい。

「このこと、法廷で証言してくれるかな」

驚きつつも、文乃はうなずいた。

「はい」

文乃の目には力がこもっていた。優心が映っている動画をめぐって起きたことの真実が知りたい。千紗と同じ思いを胸に秘めている。

「教えてくれてありがとう。文乃ちゃん」

千紗は立ち上がると、お尻の砂を払い落とした。

うす暗くなった浜辺で手を差し伸べる。文乃は華奢な手でしっかりと千紗の手を握りかえした。

第四章　業火

1

あっという間に日が流れていく。

事件が起きたのは冬だったが、今は日によっては汗ばむような季節になった。

高松地裁での離婚調停を終え、運転席でハンドルを握る熊はさかんに汗を拭いている。だがその顔には笑みがあった。

「それじゃあ熊さん、アリバイ証人を見つけたんですか」

「ああ、事件の日、村上さんと一緒に居酒屋で飲んだんだって。詳しく話を聞いたんだけど、間違いないよ。証言してもらえることになった」

「すごい。私がいくら調べまわってもダメだったのに」

文乃の目撃証言に加えて、村上のアリバイが成立。どうしようもなかった流れが明らかに変わっていくのを感じた。

村上の話では繁華街に行って、何軒かはしごしたと思うということだった。酔っぱらって途中から記憶がないと言っていたが、一緒に飲んでいた人物が村上のことを覚えていれば問題ない。

「これでいける気がしてきたよ」

千紗はうなずく。

「村上さんは無実です」

あれから千紗は谷岡から託された手紙や動画の中身を熊に見せた。

「越智さんの手紙にあった青年はきっと新田直人のことです。村上さんの時と同じ手口だから間違いないはず。彼はあの動画を利用して金を得ようとした。でもそのためには小杉優心が死刑になることが必要だった」

熊もそうだねとハンドルを強く握った。

「そしてその思惑通り、死刑は執行された。そして新田直人は動き始めた。越智さんと村上さんを脅した。ここからはあくまで憶測だけど、その後、日下部判事にも迫ったが、逆に口封じで殺されてしまった……そういうことだね」

村上のアリバイが成立したことによって、勝算は立った。

真犯人を探すのは警察の仕事だし、弁護人としてはこれで十分だ。それでも千紗は気になっていた。日下部陶子……あの人のことが頭を離れない。

事務所に戻ると、千紗は陶子の経歴について調べた。

父親は裁判官。日下部陶子は東大在学中に司法試験に合格。最高裁局付として司法の世界に足を踏み入れている。最高裁と地方を行き来しながら、実績を積んでいく。これは典型的なエリートコースだ。

ただ途中で彼女は出世コースから外れていく。地方の裁判所ばかりをめぐって、最高裁からはお呼びがかからなくなっているのだ。彼女自身が希望して、地方へ行くようになったのか。どうも八年前の死刑判決あたりからそうなっている。

「せんせ、お客さん」

穴吹の声が聞こえる。はいと言って立ち上がった。

若い女性が応接室に座っていた。熊はすでに同席している。村上梨絵がこちらに気づいて会釈する。

「すみません、おいでいただいて」

「いいえ、いいんです。どうぞよろしくお願いします」

穴吹がお茶を淹《い》れてきた。

「暑うなってきましたな。赤ちゃん、元気なん？」

「はい。母に預けてきました」

梨絵は赤ちゃんの写真を見せてくれた。穴吹は頬を緩ませておばあちゃんの顔になっている。しばらくなごやかに赤ちゃんのことや、産後の体調のことなどを雑談していたが、やがて梨絵が居住まいをただした。

「それで、あの……主人の無実は本当に証明できるんでしょうか」

「疑わしきは被告人の利益に、です。それでは整理してお伝えしますね」

千紗は切り出した。

「弁護側に有利な物証はありませんが、こでまり園に住む女子高生が、事件当日の夜、現場で女性を見たと証言してくれます」

熊が千紗の言葉を引き継いだ。

「さらに、村上さんのアリバイ証人もいます。事件のあった時刻に田町の居酒屋に行ったら、一人で飲んでいる村上さんがいて、初対面ながら意気投合して一緒に飲んだということです」

「それは主人に間違いないんですか」

「村上さんの名前は出てなかったようですが、たまたま裁判員の話になって、自分も裁判員をやったことがある……そう話したらしいです。しかもその時の仲間に会ったばかりだって」

「じゃあ、大丈夫なんですね」

熊はおそらくとうなずいた。

「ただ、言いにくいことなんですが」

千紗は村上と新田直人につながりがあったことを伝えた。買収という言葉に、梨絵は目を大きく開けた。

「嘘でしょ」

言ったきり、梨絵はしばらく固まっていた。信じていたものが崩れていく感じなのだろう。

「でも隠していたのはそれだけなんです」

熊が必死で村上を擁護した。

「村上さんは八年前にもらったお金を、新田に叩き返しに行ったそうです。あなたとの今の暮らしを守るために必死だったんでしょう。僕はこの話を聞いて逆に確信しましたよ。村上さんは無実だって」

「ほんとですか」

梨絵は涙目になっている。千紗は梨絵を安心させるために、大きくうなずいた。

「新田さんが村上さんを脅していたこと、越智さんの自殺、小杉優心の死刑執行後というタイミング、殺人現場が小杉のいた施設のある清音寺だったこと……これまでの状況を総合すると、この事件はすべて八年前の死刑評決につながっていきます」

千紗はノートパソコンを操作した。

「見てもらいたいのは、この八年前の事件の動画です」

千紗は谷岡から預かった小杉優心が映っている動画を見せる。手に入れたいきさつも梨絵に説明する。動画を見た梨絵は驚いていた。

「こんなこと……」

絞り出すような声が漏れた。

「これを見ていたら、私は死刑に票を入れていない」

梨絵は両手で顔を押さえた。

「あの評議のことは今でも忘れられません」

「その時のこと、聞かせていただけますか」

評議の様子にも陶子を探るヒントがあるかもしれない。千紗はそう思い、促した。

「ええ。男の子の遺体の写真を見た時、絶対に死刑しかないって思ったんです。でもすぐに決めてしまうんじゃなく、もっと色々考えてから決めないといけないいんだなって分かってきて」

梨絵はゆっくりと首を左右に振った。

「死刑だと決めていたのに、いつの間にか無期懲役に考えが変わりました。でもそれがまたくつがえって。犯罪者とはいえ、人の命でしょう？　ああ、私たち、人を殺すか殺さないかを話し合っているんだなって怖かった。評決のとき、付箋を何度も書き直したくらいぎりぎりまで悩んでいたんです」

「すごい重圧ですよね。判断するのに何か助けになったことはありますか」

「そうですね……印象に残っている言葉があります」

梨絵は前置きしてから続けた。

「日下部裁判長が言ったんです。迷ったら、イメージしてくださいって」

「イメージ？」

「まずこの事件で殺された被害者が、わが子だったらとイメージしてください。自分を犠牲にしても生きていて欲しかった愛するわが子。きっと身が引き裂かれるほど苦しいでしょう。次に法廷での被告人を思い浮かべてください。被告人に対し、どんな思いになるでしょう？　どんな刑罰を与えますか」

千紗は目を閉じイメージしてみた。きっと殺してやりたいほど憎いと思う。

梨絵は陶子の言葉を続けていった。

「さらにもう一つ、イメージを加えます。その被告人は冤罪であることが分かります。真犯人はあなたのもう一人の子どもでした」

千紗はえっと言って思わず目を見開いた。

「その子もまたあなたが命をかけてもいいほど愛する存在です。あなたはどういう罰を与えますか？　初めの被告人と同じように裁けますか？　どちらも同じで変わらなかったらきっとそれは公正な裁きなのです……これが裁判長の言われた言葉です」

なるほど。面白い思考実験かもしれない。

つまり公正に裁くとはそういうこと。感情に流されるようでは裁くことはできない。陶子はそれを伝えたかったのだろう。

「でも私は最終的に、死刑に一票を投じました。被害者のご両親の訴えを聞いていたら気持ちが一体化しちゃったんです。赦せないって。怒りの炎が私にも飛び火した感じかな。人は最終的には感情で動いちゃうんですよ。それなのにまさか、殺すつもりがなかったなんて……」

千紗は谷岡夫妻と会った時のことを思い出していた。彼らの苦しみに接した後で死刑に票を投じないことは、その思いを踏みにじるように感じるだろう。人は感情を捨てて判断などできない。頭の中のイメージなどより、目の前にある激情が優先されてしまう。

「梨絵さん、仕方ないです。私だってその場にいたら、同じ判断をしました」

梨絵は力なくうなずいた。

「悪いのはこの動画を隠していた新田直人です。そして彼を殺した真犯人。私たちは村上さんの無実を確信しています。アリバイもありますし、目撃証人もいます」

「そうですね。うまくいくと信じています」

千紗は力強くこぶしを握った。

「必ず無罪を勝ちとってきます」

梨絵はありがとうございますと言って立ち上がった。

「あ、そういえば評議の話をしていたら思い出すことがあって。全然関係ないことかもしれませんが……」

「何ですか。教えてください」

「はい。実は越智さんから今回、蟬の会の連絡を受けたのは私なんです。その時、越智さんは言っていました。日下部裁判長にも参加できないかと声をかけたって」

　横で熊がえっと声を漏らした。

「当日来ていたって話は聞かなかったから、誘っただけで来られなかったんだと思いますけど」

　もし陶子が蟬の会の行われる場所を知っていたなら、何らかの方法で裁判員バッジを入手することも可能だ。

「どうかあの人をよろしくお願いします」

「一緒に頑張りましょう」

　頭を下げると、梨絵は事務所を出ていった。

　アリバイ証人が見つかったことによって、状況は一気に弁護側有利になった。だが真犯人については誰なのかはっきりしないままだ。それでも陶子への疑いは徐々に強まってきている。それは間違いない。

　カレンダーを見上げる。公判の日はもう間近に迫っていた。

2

その夜は九時を過ぎても、裁判所にいた。

宿直だ。令状当番と呼ばれるもので、月に一度、割り当てがある。事件が起きると警察は深夜でも令状を求めて裁判所にやってくる。自宅待機でもいいのだが、書記官がタクシーで乗りこんでくるのでは二度手間だ。そのため泊まりこむ者が多い。

仕事がひと段落すると、鍵を手に建物の中を見て回り始めた。

夜の裁判所はひんやりとしている。もともと無機質な建物だが、今日は一層冷たく思える。陶子は一階にある廊下の窓からしばらく外を見ていた。

公判前整理手続のとき、刑事部に押しかけてきた女性弁護士の顔が、ふっと浮かんだ。

新田直人が殺された事件、村上の弁護を引き受けたのは彼女だった。松岡千紗。念のためにネットでチェックすると、綾川事件の再審で活躍したとか。突然、陶子のところに話を聞きに来たのには少し驚いた。怖いもの知らずというか、猪突《ちょとつ》猛進というか。まあ、油断はしない方がいい。

スマホが振動している。とり出すと、表示されているのは新田智也の名前だった。

「はい、もしもし」

小声で応じると、こんばんはという声が聞こえてきた。

「お金は用意できましたか」

「ええ、できています」

払うつもりはないが、現金は自宅に用意してある。消費者金融から借金するなどしてかき集めたのだ。こういう時に社会的信用というものは役に立つ。

「現金の写真を送ってくれますか」

「すみません。今は裁判所です。明日なら送れます」

「では明日、お願いします。受け渡しの方法ですが、現金を紙袋に入れてオカヤマビルの前の歩道橋の上に持ってきてください。紙袋も写真で送ってください」

分かりましたと事務的に返事した。

「受け渡しの時間ですが、こちらも忙しくてね。再来週の同じ曜日、同じ時刻でどうです?」

「それは……」

手帳で確認すると、村上の公判がある日だった。

「分かりました」

何だろうこの会話は。誰が聞いていても、おそらくただの事務的なやり取りだ。殺人犯と恐喝犯の現金受け渡しに関する会話には思えない。また連絡しますと言って通話は切れ、陶子は長い息を吐きだした。

この兄弟を裁くとしたら、罪は何だろう。

彼らは死刑にならなくてもいい人間を死刑になるよう仕向けた。越智を死に追いやった……実質的に彼らは二人を殺したことになる。それなのにこの兄弟に与えられる罪は刑法的にせいぜい脅迫罪くらいではないか。

人を車で撥ねて放置して死なせたとか、赤ちゃんにご飯をやらず飢え死にさせたような場合でも不作為による殺人になることがある。今回の場合、彼らは死刑を止められたのにわざと見過ごした。殺人罪にはあたらないが、彼らの思惑を知れば知るほどどんな凶悪な殺人犯より悪としか思えない。

陶子はもう少し、所内を見て回る。

アリバイという言葉が脳裏をかけめぐっていた。出入り口には警備員がいるし、裁判所内には書記官もいる。防犯カメラも設置されている。だが死角くらいいくらでもある。侵入しようとする者に対しては厳しくても、内部の者が外に出て行くことに関してはそう困難でもないだろう。もちろん普通に出入り口を通っては行けないが、この一階の窓から出入りするなら可能だ。

陶子は鍵を開けて奥の会議室に入ると、窓の外を見つめた。

ここからならすぐに裁判所の外に出ることが可能だ。防犯カメラもない。智也との待ちあわせ場所まではそれほどかからない。車で行けば七、八分くらいか。犯行後は急いでこの窓から戻る。すると裁判所にいたという見事なアリバイができあがりだ。

会議室から出て鍵をかけ直す。そのまま仮眠室に戻ろうとした。

「おい、何やっとる」

はっとして振り返る。ライトがまぶしかった。

「トッコか。おどかすな」

立っていたのは警備員の坂口だった。奥の会議室に入っていたのを見られただろうか。いや、用事があって入っていてもおかしくはない。

「ゲンちゃん、仕事おつかれさま」

「その呼び方、やめろって言ったろ」

「いいでしょ、誰も聞いてないんだし」

別に幼なじみだと気づかれてもいいと思うのだが、坂口は嫌がっていた。

「それに普段はちゃんと坂口さんって呼んでるでしょう。知りあいだってことは誰にも言ってないわ」

会話が途切れた。いつものように嫌味が続かない。やはり不審に思われたのだろうか。陶子が黙りこんでいると、坂口は顔を上げた。

「トッコ……親父さん、亡くなったらしいな」

そのことか。陶子はうなずくと、静かに息を吐きだした。

「ええ」

父が召されたのはいまにも雨粒が落ちてきそうな日だった。父は誰に看取《みと》られることもなく、逝ってしまった。葬儀は陶子が一人で行った。

遠い親戚がいるにはいるが、岡山に移住して完全に縁が切れてしまった。仕事関係の知りあいは多いが、プライベートとは分けたいという生前の本人の考えに従って、家族葬にした。

「四十九日が過ぎて明後日《あさって》、納骨式なの。それが済んだらちょっとは落ちつくかな」

「俺も行っていいか。親父さん、俺のお袋が死んだ時、葬式手伝ってくれたからな」

「そうだったの。知らなかった」

陶子が岡山へ戻る前の話だろうか。そんな親しい仲だったとは。納骨式の場所と時間を教えると、坂口は背を向けて去っていった。

陶子も仮眠室に向かった。

父のことがあっても、いつもと変わらず仕事をし、新田智也と連絡をとり、計画を進めることができる。そんな自分が恐ろしい気もしたが、深く考えず眠ることにした。

朝焼けもなく、今日もいい天気のようだ。

眠りは深く、疲れはない。ジューサーに小松菜とバナナ、黒ごまを入れて最後に牛乳を注ぐ。スイッチを入れると、あっという間にスムージーのできあがりだ。おしゃれで健康的というのを狙っているわけではない。ただ単に簡単で効率がいいからだ。

喪服の袖に腕を通す。いつも誰かによく似あうと言われるのだが、褒められても何も嬉しくはない。

仏壇に置かれている父の遺影を見つめる。母が死んでから十五年。転勤で離れて暮らす時間も長かったが、父と二人きりになりその存在はますます大きくなった。子どものころから絶対的な存在だった父。いまだに仏壇に置かれた遺骨が父だということが受け入れられず、取り落としそうになったこともある。

納骨式は陶子一人の予定だったが、坂口も来ることになった。

少し早く行って墓の掃除を済ませ、手をあわせる。

これから自分はもう一つ、大きな罪を重ねることになる。もはや父に顔向けなどできないが、それでも引き返すわけにはいかない。

向こうから今日の法要を頼んでいる僧侶がやってきた。

「あの、すみません」

陶子はそばに駆けよると、耳打ちするように声をかけた。

「納骨の時、これも一緒に入れていただいてもよろしいでしょうか」

差し出したのは、小さな木箱だった。陶子とあの子をつないでいたもの。あの子が生きていたあかしだ。

もし自分が逮捕されたら、警察に家宅捜索されるだろう。その前に手放すくらいならここに入れてもらって一緒に供養して欲しい。

「どうか、お願いします」

僧侶はいい顔をしなかった。だが粘り強く頼むと、渋々了解してもらえた。

やがて坂口もやってきた。

「ご主人はこちらへどうぞ」

「いや、違うんです」

慌てて訂正している。ここでくすっと笑うとは思いもしなかった。

それから法要が行われた。

陶子は手をあわせつつ、父との最後のお別れをした。陶子は心の中で父に呼びかける。親不孝な娘ですが、どうか最後まで見届けてください。どんな罰でもいずれ受けますから、今はこのわがままを赦してください。

やがて納骨式は滞りなく終わった。

「ゲンちゃん、今日は来てくれてありがとう」

「ああ」

坂口はいつものように無愛想だったが、こうして足を運んでくれることを嬉しく思った。あれから書記官に聞いた。彼が警察を辞めたのは、母親の病気のためらしい。本当は優しい性格なのだ。陶子は坂口を見送ると、静かに息を吐きだした。

ああ、これで本当に一人になってしまった。

そんな思いが瀬戸内海の波のように、胸に打ち寄せてきた。

納骨式の翌日は司法修習生への指導があった。

実際の公判や合議を見せたり、判決起案書の書き方を指導したりするのだ。面倒ではあるが、陶子も当然、指導を受けてきた。これまで育ててもらった恩を、後進へ返すということだ。

裁判所を出た時、まだ陽が沈んでいなかった。

大きな入道雲が浮かんでいて、メタセコイアの木から蝉の鳴き声が聞こえる。今年も夏……か。この八年、ずっと苦しみ続けてきた。

重要なのは来週に行われる裁判だ。

すでに村上孝宏の公判期日は決まっている。計画は入念に立てたつもりだが、思わぬ突風が吹き飛ばしていくこともある。冷静に対応しなければいけない。

村上の裁判は、検察側と弁護側の双方の主張は明らかになっている。事件の全容は見えている。村上と新田直人につながりがあったのは思いもよらないことだった。

気になるのは弁護側が申請した目撃証人だ。現場で姿を見られていたのだろうか。いや、きっとそうじゃない。あの暗闇の中、見られたとしてもさすがに個人を判別するのは不可能だろう。それに万が一、裁判長である陶子に気づいて彼女を見たと証人が言ったところで誰が信じるだろうか。

スマホに着信があった。

表示は新田智也だ。周りを見回してから通話に出る。

「現金の写真、確認しました」

「そうですか」

「受け渡しの日時に問題はありませんか」

「ええ、ただ本当にこれで終わりにしてください。毎日、おかしくなりそうなんです。あなたから電話があるたびにどきっとして」

眠れなくて睡眠薬を飲んでいると付け加えた。

「もうすべて警察にぶちまけてしまった方がいいとさえ思っているんですから」

感情を込めながら言った。

「心配しないでください。僕もあなたに自首されて、脅迫していたということが表に出ると困るんです」

兄を殺されていながら、よくこんな口が利けるものだ。

「これっきりですので」

それではと言って智也は通話を切った。

短い会話だったが、どっと疲れが出た。模擬裁判ではみんな、よくあんなにうまくやっていたものだ。声だけの演技であっても難しい。

計画の準備はすでに整っている。判決書を書くように何度も頭の中で練りこみ、シミュレートした。もう少しだ。そう思いながら陶子は窓の外を見つめる。必ずうまくやってみせる。

さて帰ろう。

門を出て駅へ向かって歩き始めた時、誰かがこちらの方へやってきた。スーツ姿の小柄な女性だ。伸びかけの髪を後ろで一つに束ねている。襟元に弁護士バッジが光っていた。

陶子はゆっくりと歩く速度を緩めて立ち止まった。前回と同様、どうやら偶然に通りかかったのではないようだ。

「こんにちは、日下部判事」

松岡千紗は陶子を前にぺこりと頭を下げた。

「松岡さん……でしたね」

周囲には細心の注意を払っていたつもりだし、新田智也との通話は、さすがに聞かれていないだろう。

「お話がありまして」

「来週の公判についてでしょうか」

千紗はゆっくりうなずいた。

「単刀直入に言います……村上さんは犯人ではありません。そう思われませんか」

「それを明らかにするのが裁判です」

微笑みながら、陶子は千紗の黒い瞳を見つめた。

「では判事、一つ聞かせてください」

「何かしら？」

「村上さんは事件のあった日の午後、蟬の会という元裁判員の集まりに参加していました。その時まではバッジを確かにつけていたんです。それなのにバッジは岡山の総社市で見つかった。蟬の会の場所は高松です。村上さんが現場に行っていないというのが本当なら、誰かが持っていったということになりますよね」

陶子は静かにうなずいた。

「そうなると疑わしいのは蟬の会の出席者です。村上さんの話では今回、出席していたのは彼と越智さん、吉沢さんの三人だけです」

「あなたの言うことが正しいなら、そうかもしれないわね」

「ですが他の人物の可能性もあるんです」

陶子は無言のまま千紗を見つめた。

「出席したのは三人だけでも、越智さんが他の人にも参加しないか声をかけていた可能性があります」

千紗は鋭いまなざしを投げかけてきた。

この言い方、ひょっとして何か知っているのか。

「蟬の会はもともと、補充裁判員を含めた八人だったそうですし、小杉優心に死刑が執行された今回は特別でしょう？　越智さんは多くの人に声をかけていたのかもしれません。ひょっとして判事も越智さんから、蟬の会の誘いを受けませんでしたか」

陶子はゆっくりとあごに手を当てた。

答えはイエスだが、即答できなかった。越智から誘いを受けたと正直に答えれば、私はバッジを入手できる人物の候補に加わってしまう。越智の話しぶりでは、補充裁判員や無期懲役に票を投じた裁判員には声をかけていない可能性が高い。下手をすれば私一人に限定されてしまう。

千紗は黙ってこちらの顔を窺っている。

越智から連絡などない。そう嘘をつくべきなのか。だが千紗が越智の通話記録などを徹底的に調べているなら嘘がばれてしまう。

ただのはったりの可能性もある。どっちだ。千紗は知っているのか知らないのか。あまり間があくのもおかしい。どうする？

深く潜航するように考えこんでいたが、陶子は心を決めて顔を上げた。

「そう言えば越智さんからは電話をいただきました」

「蟬の会についてですか」

陶子は首を横に振った。

「いいえ、それは知りません。私は相談を受けたんです。死刑評決のことについて。小杉優心の死刑執行を受け、あの判断は正しかったのかと越智さんは悩んでいるような様子でした。あの人は強気な発言が目立ちましたが、実際は繊細な心の持ち主だったようですね」

「そう……ですか」

うまくかわされたか。千紗の顔にはそんな表情が浮かんでいた。

「ところで判事、八年前の死刑評決のことですが、あれは正しかったのでしょうか」

新田に見せられた動画が頭に浮かんだ。しばらく言い淀んでいると、千紗が判事はどうお考えですかと同じ問いを重ねた。だがこの質問に答える気はない。

「松岡さん」

「はい」

陶子は微笑むと、千紗の横をすり抜けた。

「今度は法廷で会いましょう」

言い残すと、岡山地裁を後にする。

振り返らず、駅へと早足で急いだ。松岡千紗。今の感じでは彼女は陶子が真犯人だと感づいているように思える。だが証拠はないので揺さぶりをかけてきたのだろう。私が真犯人であると気づくとはたいしたものだ。だが気づいただけでは意味がない。

自宅に戻っていつものようにトレーニングウェアに着替えた。

夜のとばりが下りた街を、陶子は汗さえぬぐうことなく走り続ける。いつもと違うコースを走ると、教会が見えた。主の救いについて書かれた紙が貼られている。だが決して私は救われることはないし、そうして欲しいとも思わない。そうだ。救いなど必要ない。この暗黒の道を駆け抜けてみせる。

どこまでも……この身が果てるまで。

3

大丈夫。ウサギのような目をしていない。

睡眠は十分だ。千紗は鏡に映る自分を見つめた。髪をとかしてから、弁護士バッジを襟元につける。

今日これから村上の公判が始まる。

て。

こんな裁判は初めてだ。真犯人ではないかと睨んでいる人物が公判の裁判長だなんて。

陶子に会った時、彼女は言っていた。越智から蝉の会の誘いを受けたことはないと。あれは嘘だ。もう一度梨絵に確認したところ、越智は陶子を誘ったとはっきり言っていたらしい。このことで陶子を追及することは難しいだろうが、こんな嘘をつく以上、どう考えても彼女が怪しい。

彼女に会いに行ったことは、熊には黙ったままだ。熊に言えば目を白黒させて呆れられるだろう。結局、宣戦布告のような恰好になってしまった。

「千紗、起きとる? 遅れるよ」

母が呼んでいる。

「じゃあ、行ってくるけん」

父はいつものように無言でだしをひいていたが、頑張れとばかりに親指を立てて見送ってくれた。

勝つよ、お父さん、お母さん。絶対勝って、村上さんを助けてみせる。

快速マリンライナーに乗って岡山に向かう。公判は四日間の予定だ。ただし四日目は判決だけなので実質的には三日で決まる。特に大事なのはこの一日目。検察側、弁護側がそれぞれ目撃証人をたてて火花を散らすのだ。

　裁判所の前で、セーラー服の少女を見つけて、手を振る。

「千紗先生」

　こちらに気づいた文乃が、住職に伴われて近づいてきた。

「来てくれてありがとう。無理しないでいいから。尋問には正直に答えてくればいいよ」

「はい」

　文乃は若干緊張しているようだが、笑顔で答えた。熊もちょうど来たところだった。

「さあ、行きましょう」

「うん、そうだね。村上さんの無実を必ず証明しよう」

　入れこみ過ぎの競走馬のようだったので、ぺちんと背中を叩いてやった。熊は情けなくバランスを崩して苦笑いした。

「とりあえず余計なことは考えず、３Ｃを意識して尋問するといいよ」

　反対尋問はスポーツで言うとアウェーの戦いだ。相手方の呼んだ証人なので当然なのだが、その証言内容を打ち破っていく尋問技術もある。３Ｃはその一つ。

Commit、Credit、Confrontの頭文字をとったものだ。弁護士ならたいてい知っていることで、言うのは簡単だが実際できるかどうかは力量によるだろう。

「3Cじゃなく悔しいにならないようにしないとね」

文乃が白い目で熊を見た。女子高生はこういうセンスに厳しいのだ。

「だじゃれ言えるだけましですよ」

千紗が苦笑いでフォローした。

二〇一号法廷に入る。大きめの法廷だ。

眼鏡を額にずり上げてキャリーケースをガラガラと引く音が聞こえる。弁護人席の向かい側の席に検事がやってきた。資料が入った風呂敷《ふろしき》づつみを横に置く。弁護人席から見て右側、ひな壇には書記官の姿があるだけで裁判官はまだいない。

左側の傍聴席には心配そうな表情の梨絵がいて会釈した。席はそれほど埋まっていない。あまり注目の裁判というわけではないからだろう。

背後の扉が開き、両脇を固められた村上が入ってきた。緊張してもっとおどおどしているかと思ったが、意外と落ちついた顔をしていた。傍聴席にいる梨絵と視線を交わしているようだ。彼らのため、必ず無罪を勝ちとらなければいけない。

「来たようだね」

裁判官通路の扉が開き、裁判員が入ってきた。九人がけのひな壇に六人が半分ずつに分かれて自分の席に向かう。背後の椅子には補充裁判員。そして裁判官三人が中央の三席に足を運んだ。評決権を持つ九人が法廷を見下ろす形になる。二〇一号法廷の空気は一瞬で張りつめる。着席していた全員が立ち上がった。

黒い法衣《ほうえ》に身を包んだ日下部陶子はすらりとして、美しかった。

彼女は千紗に一瞥《いちべつ》をくれることさえなく、裁判長席で頭を下げた。千紗も熊も全員がならうように黙って一礼した。

「それでは始めます。被告人は前へ」

陶子の言葉に村上が猫背気味に証言台へ足を運んだ。人定質問では事件に関する質問はできない。

「お名前を教えてください」

黒ぶち眼鏡をかけた村上は、上目遣いに陶子を見た。

「村上孝宏です」

「生年月日についても教えてください」

村上は年齢や住所、本籍、職業などについて答えていく。

形式的な本人確認が終わり、村上は席に戻った。

「それでは検察官は起訴状を朗読してください」

陶子の指示で、額に眼鏡をずり上げた検事がゆっくりと立ち上がった。

「公訴事実。被告人は……」

張り切り過ぎたのか、検事の声は裏返った。

「……新田直人、当時二十七歳と口論となり、殺意をもって石段から突き落とし、その命を奪ったものである」

傍聴席の最前列にいるのは遺族だ。新田直人の遺影を手にした母親が村上を睨みつけている。父親も唇をぐっと結んでいる。

「……罪名および罰条。殺人、刑法第百九十九条」

検事の起訴状朗読は終わった。

陶子は村上に向けて語りかける。黙秘権の告知だ。

「あなたは答えたくない質問には答えないことができますし、この裁判を通して全く黙っていることもできます。ただし答えたことは被告人に有利、不利を問わず、証拠として用いられることがあります。このことを十分に理解していますか」

「はい」

「あなたは殺人罪で起訴されています。殺人は死刑まである重罪です。起訴状の内容についてもしっかり理解していますね」

　村上はしっかりと陶子の目を見て、はいと答えた。

「ではお聞きします。起訴状の内容について間違いはありますか」

　陶子の問いに、村上は少し間をあけてから口を開いた。

「全部間違いです。身に覚えがありません。私は殺していません」

　言葉を変えながら、村上は否認の意思表示を三回くり返した。新田の両親の表情が険しくなった。傍聴席は静かなままだ。否認事件であることは誰もが分かっているから驚く様子はない。

「それでは証拠の取り調べに入ります」

　陶子は検事に冒頭陳述を行うように促した。検事は思いのほか、はいと元気よく答えて勢いよく立ち上がった。

　法廷内の左右、中央の壁に設置されたモニターには、検察側が証明していく内容がいくつかの項目に分けられて表示された。

「まず現場状況につきましてですが、事件の当日、被告人は午後八時ごろ……」

　長い説明が始まった。要するに重要なのは現場に残された裁判員バッジと、被告人を見たという目撃証人の二つだ。

「……検察側が証明を予定している事実は以上です」

「では弁護人、冒頭陳述をお願いします」

陶子に促され、立ち上がったのは千紗だった。

「弁護側が証明していくのは次のポイントです」

視線が千紗に注がれ、モニターに主張のポイントが映し出される。

「まず現場にあった裁判員バッジですが、これは第三者によってもちこまれたものであると主張いたします。次にアリバイ。事件当日、被告人は事件現場に行っていないことを証明していきます。そして最後に目撃者です。犯行時刻、現場近くの住民が現場にいた人物を目撃しています。その人物が被告人ではなかったと証明していきます」

「裁判長から述べます」

陶子による争点告知の後、検察は甲一号証として実況見分調書を提出。死体検案書、被告人の供述調書などが次々と提出された。弁護側は認める証拠は同意しつつ、争う証拠には不同意としていく。当然ながら検察側の目撃証人の供述調書に弁護側は不同意。証人尋問が行われることになる。

「証人は証言台の前に来てください」

傍聴席を隔てる柵《さく》が一部分開き、指定席から白髪頭の男性が姿を見せた。

山岸文兵衛《やまぎしぶんべえ》という人物だ。怒っているわけではなかろうが、不機嫌そうに見える。山岸は真っ白な髪を角刈りにした職人のような風貌だった。陶子は偽証罪の説明をすると、宣誓書を読み上げるように促した。

「包み隠さず、真実だけを述べると宣言します」

「裁判長からあらかじめ申し述べます。証人は質問に答える際には、正面を見て答えてください。裁判官や裁判員はその証言の是非を判断する際、言葉だけを頼りにしているわけではありません。仕草や目の動きなどからも判断していますので、見えやすくする必要があります」

陶子は注意をすると、検事の方を向いた。

「では検察官、質問をどうぞ」

「はい、それではさっそくお聞きします」

検察官は一度裁判員の方を向いてから、山岸に尋問を開始した。

「あなたのお住まいはどこですか」

「清音寺のすぐ前に住んでいます。石段の下の道路を挟んで向かい側です」

「では事件当日、現場に行かれましたか」

「すぐ前ですのでね、通りますよ。夜も犬の散歩があるので」

検事はずり下がってきた眼鏡を額に戻した。

「犬の散歩に行ったのは何時頃でしたか」

「その日は夕食が遅かったので八時過ぎくらいです」

「そこであなたは誰か見ましたか」

「はい。男が一人、しゃがみ込んでいました。何をしているんだろうと思っていると、やがて立ち上がりました」

山岸は陶子の方を見ながら、自信たっぷりに言いきった。

「その男の特徴を教えていただけますか。体格はどうでしたか」

「身長は百七十センチくらいでしょう。痩せていました」

「顔や服装に特徴はありましたか」

山岸は長めの息を吐きだした。

「下はジーンズ。上は黒い服を着ていました」

「あなたとその人物の距離はどれくらい離れていましたか」

「七、八メートルくらいだと思います」

「あなたの視力を教えてください」

「両眼とも一・五です」

検事は満足げにうなずいた。

「その男はどんな様子でしたか」

山岸はスマホをタップするような仕草をした。

「何かの機器をいじってました」

「その男はスマートフォンをどうしましたか」

「異議あり。誤導です」

検事の質問に千紗が異議を唱えた。

「証人は何かの機器と言っただけで、スマートフォンとは言っていません」

供述していないことを前提に質問することは、誤導尋問で禁止されている。

「その機器をどうしましたか」

異議を認めると、検事は予期していたように言い直した。

この反応、検事は老獪《ろうかい》にもあえて細かい異議を引き出して、裁判員に弁護側に対する悪印象を与えようとしたのかもしれない。

「手提げの鞄にしまって、そのまま立ち去りました」

「その男が立ち去った後、あなたはどうしました」

「男のいたところに行ってみると、そこに死んだ人がいてひっくり返るほど驚きました。しかも前に見たことのある人物だったんです。すぐに通報しましたよ」

「前に見たと言われましたが、どういうことですか」

「その三日前にも清音寺のところで言い争っている二人組がいたんです。同じバイクが停まっていてね。そのバイクの持ち主が新田さんでした」

　検事は何度かうなずいた。

「つまり倒れていたのは被害者の新田さんであり、以前あなたが目撃した二人のうちの一人だったということですか」

「そういうことです」

「事件の日にあなたが見た男ですが、警察で写真を確認しましたか」

　山岸はええと言って大きくうなずいた。

「その男は今、この法廷にいますか」

　検事が問いを発した。山岸は陶子を見上げてから、視線を右側にそらした。

「そこに座っている被告人です」

「以上です」

　証人尋問を聞きながら、千紗はなるほどと思った。

典型的な認知バイアスだ。山岸が以前、清音寺のところで村上を見たというのは間違いないだろう。だがその時の記憶に引っ張られて、今回の人物も村上だと思いこんでいるのだ。その部分を何とか切り崩せないだろうか。

「弁護人、反対尋問はありますか」

「はい」

立ち上がったのは千紗だった。

熊に頑張ってと小声で励まされ、千紗は少しだけ頰を緩める。

「警察に行った際、被告人の顔を確認したということですが、見せられた写真は被告人のもの一枚ですか」

「いいえ、アルバムのようなもので何枚も見せられました」

千紗は山岸の方を向いた。

「証人の年齢はおいくつですか」

「六十九です」

「先ほど視力が両方、一・五だと言われましたが、間違いありませんか」

不機嫌そうな顔をさらに不機嫌にして、山岸ははいと答えた。

「その視力はいつ測られたのですか」

「一ヵ月前、免許更新の時に測りました」

山岸の答えに、千紗は少し言葉につまった。

「視力測定の結果は合格不合格だけではないんですか」

「訊いたのでね。教えてくれましたよ」

山岸は自信たっぷりだった。しまった。山岸の視力が年齢の割に良過ぎるし、検事がいつ測った視力なのかを確認しなかった。だからだいぶ前に測った視力だということを隠しているように思えてつっこんだのだが失敗だ。きっとこれも検事の作戦だ。間があくのを嫌って、千紗は質問を続けた。

「証人は以前にも同じ場所で二人組が話しているのを見たんですね」

「はい。言い争っていました」

「そのうち一人が被告人であったことは間違いありませんか」

山岸ははいと断言した。

「事件当日も間違いなく被告人だった。そう言いきれますか」

「はい」

「あなたは以前、そこで言い争う二人を見た。だから事件当日も同じ二人がそこにいたのだろう、そう思いこんでいるだけではないのですか」

「私は記憶のまま、話しているだけです」

むっとした表情で山岸は答えた。

我ながら下手な質問の仕方だ。さっき検事に引っかけられたのが効いているのかもしれない。思いをストレートにぶつけてはいけない。苦しまぎれな印象を与えるだけだ。山岸も自分の見間違いだと言われて気を悪くしただろう。一層かたくなになっていってしまう。

それから千紗は山岸の証言が警察の誘導である可能性について追及していくが、山岸はそれらの問いに毅然《きぜん》と答えていった。

「もう一度、被告人を見てください」

千紗は証言席に近づいた。

「本当に事件の時に見た人物だと断言できますか」

「ええ、間違いありません」

噛みしめるように山岸は答えた。

それからもさらに尋問が続いた。さっきのミスをとり返そうと必死に頑張った。何とかして認知バイアスによる思いこみだと証明したかったが、うまくいっていない。山岸は同じ答えをくり返すだけだった。

「以上です」

千紗は糸口を見つけられないまま、尋問を終えた。

山岸は思ったよりも冷静だった。この人の言うことは間違いないと誰の目にも映っただろう。検察側は巧妙に山岸の証言を狙った方向に導いていったが、自分はそれを結果的に補強してしまった。

「それではここで休廷とします」

陶子の宣言で法廷内の全員が立ち上がった。

裁判官や裁判員たちは専用通路に消えた。山岸への証人尋問は完全に検察側の勝利といえるだろう。

熊も分かっているようで、首をひねっている。

誰もいなくなったひな壇を見つめながら、千紗は改めて思った。よくこんな状況で、冷静に訴訟指揮ができるものだ。先日、蝉の会などの話をして揺さぶりをかけてきた相手が目の前にいるというのに全く動じることもない。

勝てるのかあの人に。千紗は大きく息を吐きだした。

4

「では裁判員の皆さん、午後もよろしくお願いします」

川井の言葉に促されて法廷に向かう裁判員たちとともに、陶子は裁判官用通路を歩く。

午前中の尋問を思い出し、人の記憶とは、本当におかしなものだと思った。

山岸は村上を陥れようとしているわけでは決してあるまい。こうして偽証罪のリスクを承知で証言しているのだから、本気で村上に間違いないと思いこんでいるのだろう。だが彼が本当に見た人物は目の前、裁判長席に座っている。

大きな扉が開き、陶子たちは二〇一号法廷に足を踏み入れる。

裁判官席から見て右側の席に検察官が一人、左側にはやつれた顔の村上孝宏、大柄な弁護士の姿が見える。そしてその巨軀《きょく》に隠れてしまいそうな小柄な女性弁護士がいる。

松岡千紗。彼女は気づいている。この事件の真犯人が私であることを。だが彼女は知らない。私が今、どういうつもりでここにいるのか。これから何をしようとしているのかを。

傍聴席には新田智也の姿が見えた。

今夜、彼としている約束をたがえないように、プレッシャーをかけているつもりだろうか。弁護側の証人である伊東文乃の姿も見える。セーラー服を着ているので、大人たちが並ぶ中、ひときわ目を引く。固い表情で真っすぐ前を見つめている。

彼女を指さして傍聴マニアたちが色めきたっているのが目に入った。だが陶子のひと睨みですぐに静かになる。

「それでは再開したいと思います。証人は前に出てください」

千紗は文乃に目くばせする。とまどう様子もなく、文乃はすたすたと証言台へと歩を進める。まだ高校生なのにしっかりした子だ。証言台の前に立つと、陶子をしっかりと見すえた。

文乃は宣誓書に目を通し、読み上げた。

「包み隠さず、真実だけを述べると宣言します」

「弁護人は質問をどうぞ」

「はい」

千紗は立ち上がって、証言台にいる文乃の方へ近づいた。

「証人はどこに住んでいますか」

「こでまり園です」

少女らしい清々しい声が法廷に響いた。

「それはどこにありますか」

「事件の起きた清音寺の隣です」

「事件当日の午後八時ごろ、あなたはどうしていましたか」

「アルバイトが終わって、園へ帰る途中でした。お寺の石段の前を通りかかると、人が走っていくのが見えました」

それから千紗は、目撃した時間や人物の体格などについて確認していく。午前に山岸が証言した内容とほぼ同じだ。ただし目撃した人物、つまり陶子との距離は、山岸より文乃の方が近い。

身長百七十センチ、ジーンズにダウンジャケット……すべて合っている。誰もいないと思っていたのに、まさか二人の人間に見られていたとは思わなかった。自分の甘さを思い知らされる。

「ダウンジャケットは何色でしたか」

「黒だと思いますが、はっきりとは言えません。暗かったので」

「ほかに何か特徴はありませんでしたか」

「黒っぽいダウン、としか分からないです」

文乃は落ちついていた。

横道にそれることなく端的に誠実に答えていく。覚えていない部分に関しては覚えていないと言う。そうすることで断言している部分の信ぴょう性が増す。

陶子は横目で裁判員の様子を盗み見る。緊張しつつも一生懸命に話す少女の証言に誰もが引きこまれている。心なしか山岸の証言よりうなずく回数が多い。なかなかうまくやっているものだ。松岡千紗は聞き手の頭の中にうまく絵を描いている。

「あなたが見た人物の特徴について、体格や服装以外に何か覚えていますか」

「その人は……」

文乃はそこで言葉を切ると、一つ深い呼吸をした。

「女の人でした」

静かなざわめきが傍聴席から漏れた。

だが一番驚いたのは陶子だった。まさか、そこまで見えていたとは。意図したわけではなかったが、服装は男女どちらにでも見えそうな地味なものだった。ダウンは厚手で体型も分かりにくいはずだ。

「その人物は今、この法廷にいますか」

千紗の問いに文乃は黙ったまま、正面に座る陶子をじっと見つめる。思わぬ展開に傍聴席がざわめきだした。

まさか……この子は私だったと分かっているのか。

陶子は内心とは裏腹に、これまでとまるで変わらぬ顔で文乃を見下ろす。

「もう一度、訊《き》きます。あなたが見た人物はここにいますか」

千紗の声に力がこもった。

反応して文乃の唇がかすかに開いた。陶子を見上げたまま震えている。

いったいどうしたのかと、周囲がいぶかしげな目を向け始めた。質問が途切れる。答えも返ってこない。法廷内は沈黙に包まれた。

「証人は質問に答えてください」

促したのは千紗ではなく陶子だった。

見分けがつくはずがない。

暗がりの中だった。顔までは分からない。そうでしょう？　そんな気持ちをこめて見つめると、氷が解けたように文乃の口は開いた。

「すみません。分かりません」

そうつぶやくと、文乃はうつむいた。

ふうと息を吐きたい気持ちを何とか抑える。危なかった。おそらく切っ先は頬をかすめていたのだ。だがかろうじて乗り切った。

千紗がもの言いたげな表情でこちらを見ている。きっとこの伊東文乃という少女は本当に私を見ていたのだろう。しかし記憶は時の経過と共に色あせていく。ましてや暗い中で一度だけ見た顔ならなおさらだ。

千紗の顔には焦りの色が見え始めた。

「あなたが見た人物はそこにいる被告人ですか」

文乃は首を大きく横に振った。

「いいえ、男性ではありません」

「以上です」

被告人でないという証言を引き出したのにもかかわらず、千紗は唇を噛みしめていた。文乃が見たのは私だと言わせたかったのだろう。途中まではよかった。だが失敗だ。結局のところ少女に無理やり証言させようとしたと映っただろう。

「検察官は反対尋問はありますか」

「それでは聞かせていただきます」

検事は眼鏡を額にずり上げたまま、文乃に近づいた。

「証人が目撃した人物について、女性であると言いきる根拠はなんですか」

「女の人の顔だったからです」

「顔がはっきりと見えていたということですね」

「はい。見えていました」

「その割にさきほどは顔の特徴について語っていませんが、どうしてですか」

それは、と言って文乃は言いよどんだ。

文乃は必死で自分の記憶と格闘している。その姿はけなげだった。

「あなたは顔だけを見て男性か女性かを判断できるのですか」

「できます。あ、いえ」

うまく言葉にならない様子だった。

気持ちは分かる。人の記憶は難しいもので、すべては思い出せなくても、一部だけは覚えている場合もある。例えば名前は思い出せないが、三文字であることだけは覚えているとか。きっと文乃が見た女性というのも似たようなものなのだ。私を見れば誰もが女性と思う。だが顔の特徴までは思い出せる人は少ないだろう。

それから検事は巧みに文乃の証言を検察側に有利なように導いていった。

「ではもう一度聞きます。あなたが見たのは被告人ではないと言いきれますか」

「……分かりません」

敗北を認めたように、文乃はうなだれた。

文乃は検事の操るがままという感じだった。大人たちが憐《あわ》れむような眼差しを送っている。すぐに弁護側の再主尋問が始まるが、ここでも決め手を欠いていた。

やがて証人尋問は終わった。

「それでは明日も十時開廷です」

礼をして第一日目の公判が終了した。陶子は立ち去る前に、一度だけ弁護人席を見る。

松岡千紗。ここからどうするつもりだろう。この証人が切り札だったはずだ。これで終わりなのか。陶子はそう思いながら、裁判官用通路へと消えた。

評議室の円卓を囲んでいるのは十一名だった。

陶子と原田、川井の裁判官三人に、裁判員六人、補充裁判員二人だ。

「一番さん、どうでしたか」

「疲れました。一日でこんなに疲労するんですね」

先ほど、村上孝宏の裁判員裁判一日目が終了した。明日と明後日の三日間で結審し、来週月曜日は判決の予定だ。

一日で結審まで行く裁判員裁判の場合、最後にまとめて一回で評議が終わることもある。ただ数日かけて行う場合は内容を忘れてしまうこともあるので、途中で何回か評議を行う。今日も一日目の証人尋問が終わったところで評議が行われた。

「公判の内容についてはどうでしたか」

進行役は右陪席判事の原田に任せている。

一番と呼ばれるぼさぼさ髪の若い男がううん、と考えこんだ。

「ここまでですけど、被告人はやっぱり有罪という印象ですね。バッジの存在が決定的です。弁護人は誰かが故意に置いたかあるいは落としたって主張ですけど、それはちょっと現実的じゃないなって感じです」

「二番さんはどうですか」

眼鏡をかけた年配の女性が口を開く。

「私も同じ印象です。弁護人は検察側のあげ足をとるような異議をとなえたり、若い女の子を証人に呼んだりしてちょっと強引な感じでした」

「そうそう、無理に言わせようとしていたのかな。何かかわいそうで見ていられませんでしたよ」

三番の坊主頭の男性もうなずいた。

それからほかの裁判員や補充裁判員も印象を述べていくが、全員が村上に対し、有罪の心証をもったようだ。

やがて評議は終わり、裁判員たちは帰宅の途に就いた。

陶子たちは部屋に戻り、判決書や判例の山といつものように格闘する。だが途中で手をとめ、机の上はそのままに資料室へと足を向けた。特に調べたいことがあったわけではない。一人になりたかったのだ。

時間が流れ、裁判所には人がほとんどいなくなった。

静寂の中でスマホに着信があった。番号は新田智也のものだ。

「はい、もしもし」

「ひやっとしましたよ、判事」

智也はわざとらしいため息をついた。

「あの女子高生があなたを指さすんじゃないかってね。あれ、本当は迷っていたんじゃないですか。あなたが逮捕されたら僕も困るんです」

声は明らかに面白がっている。もし文乃があのまま陶子を指さしていたらどうなっていただろう。

「まあ、いいです。それより今日ですね。午後十時にオカヤマビルの前、歩道橋で待ってます。問題はありませんね」

「ええ」

時刻は午後九時を二分ほど過ぎていた。

陶子は薄明かりの裁判所内をしばらくゆっくりと歩いた。令状当番。本来なら陶子の番ではないのだが、この日の当番を嫌がっていた裁判官がいたので、親切に代わるふりをして引き受けた。

裁判所の守衛室には坂口がいて、テレビを見ていた。

抜け出している間に令状を求めて刑事がやってくれば、すぐに陶子がいないと分かるし、すべては崩壊する。アリバイが成立するかどうかは運任せだ。もともとノーリスクで計画を完遂させようとは思っていない。リスクを怖れている余裕などないのだから。

裁判所近くの空き地に、車が停めてある。誰も気づきはしないだろう。

一階にある今はほとんど使うことのない会議室に向かった。窓にはクレセント錠。しっかりと鍵がかかっていたが、陶子はそっと開けた。流れこんできたのはむわっとした空気ではなく、どこかひんやりとしている風だった。

罪を重ねることに迷いなどなかった。窓から外に出て、小走りに車へと向かった。

助手席に置いた紙袋を見やってから、シートベルトを締めてエンジンをふかした。

移動中、脳裏には父の姿が浮かんでいた。

大きい父の背中におぶってもらっている。おんぶなんてあんまりしてもらえなかったから、幼い陶子は嬉しいのに少し緊張している。

——お父さん。

呼びかけると父は黙って振り返った。

——私、お父さんみたいな立派な裁判官になりたいな。

父が何と答えたのかは覚えていない。どうしてこんな時に幼い日の思い出が浮かんだのだろう。よく分からない。

パーキングに車を停めた。

ナイフをポケットに隠し、三千万円が入った紙袋を助手席から手にとった。もちろん、くれてやるつもりはない。

時計を見ると、午後九時五十二分だった。

オカヤマビルの前にある歩道橋へと向かう。流線形の凝ったデザインの大きな歩道橋だ。下を鉄道が走っている。ラッシュ時は多くの人が利用するが、今はほとんど人影もない。酔っぱらいが一人、千鳥足で歩いているくらいだ。

上に上って線路を見下ろすと、すぐに向こう側から一人の青年が上がってきた。

「来てくれたようですね。判事」

智也は辺りを見渡した。陶子も真似するように見るが、遠くに酔っぱらいがへたりこんでいる以外は人影はない。

「あまり時間をかけたくありません。すぐに現金を確認させてください」

「分かりました」

指示通りに、陶子は紙袋を置いて、口を広げた。新田は現金が本物であることを確認しながら、自分で持ってきたスポーツバッグに現金を詰めこんでいる。紙袋に何かしかけでもしていると疑っているのだろうか。

「気を悪くしないでください。念のためですよ」

辺りを気にしつつ、智也は束になった現金を素早く自分のバッグに入れていった。

「なるほど。間違いないようですね」

「新田さん、どうかこれで終わりにしてください」

智也はスポーツバッグのファスナーを締めると、微笑んだ。

「分かっています。深追いは身の破滅。今回は僕が勝ちましたが、その代わりに兄を失っているんですからね」

それじゃあと言って、智也は背を向けた。

やはりそちらに向かうのか。智也はちらちらとこちらの様子を振り返って見ていたが、陶子が逆方向の階段に向かうのを見てから歩き始めた。

予想通りだ。陶子は階段近くまで行くと早足から駆け足になって、素早く階段を下りていく。

高架下のトンネルを駆け抜けると、反対側に出た。

こちらは真っ暗でほとんど人影はない。工事現場には機材があるだけで誰もいない。その少し向こうに駐車場があった。車が一台、停まっている。おそらくあの青のポルシェが智也のものだろう。

見上げると歩道橋から人影が下りてくる。

新田智也だ。当然、こちらには気づいていない。逆方向から下りたのだ。陶子がここにいるなど想像もつくまい。

荒くなった息を整えながら、闇に紛れてポルシェの陰に隠れた。手袋をはめ、ポケットからナイフをとり出す。今になって心臓が速く脈打ち始めた。できるのか、私に？　いや、やらなければいけない。落ち着け、落ち着け……。

大丈夫、何も問題はない。何度も練習したのだ。

やがて足音が聞こえた。智也がこちらに向かってくる。

会うまでは警戒していたようだが、現金をすんなり手に入れられたおかげかすっかり油断している。

陶子は智也の動きにあわせて静かに動く。智也が後ろのラゲッジを開いた時、その背後に回りこんだ。

声はかけなかった。陶子は両手でナイフの柄《え》を支えると、無言で智也の脇腹めがけてそのナイフを突き刺した。

発せられたのは大きな悲鳴ではなかった。

耳に届いたのはうっという小さな声。その後、何が起きたのか分からない様子で智也は腹に手を当てる。

振り返って陶子の顔を見ても暗闇で分からないのか、見えていても声が出ないのか、そのままその場に崩れていく。

漆黒の闇の中、血が滴っている。

助けてというかすかな声が聞こえた。陶子は現金の入ったスポーツバッグを持ちあげると無言のまま、倒れた男に背を向けた。

第五章　正義

1

睡魔が襲いかかってきた時、事務所の電話が鳴った。

こんな時間に誰だろう。携帯電話の番号が表示されていて、千紗は受話器に手をのばす。

「はい、香川第二法律事務所です」

すぐに出たが、声は聞こえなかった。

「もしもし」

反応はなかった。通話は切れていない。どうしたのだろう。何度も呼びかけるが、さっぱり返事はない。

「切りますよ」

優しく言って、通話を切った。

「何だったのかな」

隣にいる熊が首をひねった。間違いか嫌がらせだろうか。ただそうだとしたら、番号を非通知にするはずだ。これは090から始まる携帯番号だ。何となく気になって、その番号にかけ直す。コール音はするが、相手は出なかった。

午後十時四分。

今日は帰りが遅くなると、親には伝えてある。一日目の劣勢に落ちこんでいる暇はなかった。何とか明日、アリバイ証人の尋問で盛り返したい。熊と二人、徹底的に最終確認をしているところだ。

熊がコーヒーを淹れてくれたので、一息つくことにした。

やはり不安だ。どこがどうというわけではないが、本当にこのままで大丈夫だろうか。陶子が真犯人であると証明できなければ負けてしまう。自分でもよく分からないが、そんな感覚があった。

スマホが鳴った。表示は文乃からだ。

「はい、もしもし」

「千紗先生……今日は本当にごめんなさい」

思い悩んだ声に、千紗はいいのよと努めて明るく答えた。

「こっちこそ、ごめんね。終わってからあんまり話せなかったから」

「すみません。私がちゃんと覚えていれば……」

文乃は精いっぱいやってくれたと思っている。彼女を責める気持ちなど、こちらにはさらさらない。

「日下部判事の顔をじっと見ていたけど、私が見たのと同じ人にも思えました。でも絶対に間違いないかって言われたら、自信がなくて。嘘をついたら罪になるんでしょう？　どっちだろうって迷い出したら、とても言えなくなっちゃった。裁判で自分の話をするってすごく難しいことなんだって、やってみて初めて分かりました」

「仕方ないわ。よく頑張ってくれたと思う」

優心もそうだったのかな。文乃はそう小さくつぶやいた。

「あのね、千紗先生」

「ん？　なに」

「あの時、自信がなくても、私が見たのは日下部判事でした……そう言ってしまおうかと最後まで迷っていたんです」

そうだったのか。そう言われてみればあの時、文乃はおかしかった。

「だってあの人が優心に死刑判決を下したんだから」

「文乃ちゃん」

「でもそんな気持ちで言っちゃいけないんだって思いました。やっぱりどう思い出しても、顔までが同じかどうかは分からなかった」

文乃はそこで言葉を切った。

「ごめんなさい。意味のないことを言って」

「ううん、そんなことはないわ。話してくれてありがとね」

もうしばらくとりとめのない会話を交わして、通話は切れた。

小杉優心に死刑判決を出した陶子に対する複雑な思い。彼女の気持ちはとてもよく分かる。こんな真っすぐな文乃の瞳に見つめられて、陶子はどんな気持ちだったのだろう。

コーヒーを飲みほすと、事務所の電話が鳴った。またさっきの無言電話だろうか。そう思って見ると、表示は岡山の市外局番からになっている。

「はい、もしもし」

「岡山県警ですが」

予想もしない相手だった。もう一度番号を見ると、末尾が０１１０になっている。

「あなたはさきほど新田智也さんの携帯に連絡を入れてますよね？　少し事情を聞かせていただけませんか」

「え、どういうことですか」

「新田智也さんが事件に巻きこまれたんです」

警察の話によると、新田智也という人物は何者かに刺されて病院に担ぎこまれたのだという。すぐに向かいますと言うと、受話器を置く。

ただごとではなさそうな千紗の様子に、熊が心配そうにこちらを見ている。慌てて電話の内容を伝えると、わけが分からないまま、二人は車で岡山の病院へと急いだ。

「どういうことなんだろう」

ハンドルを握りながら、熊がつぶやく。

「新田智也って、たしか殺された新田直人の弟ですよね」

事務所にかかってきた無言電話。その相手が智也だったということか。

「ひょっとするとあの電話、刺された直後にかけたのかもしれない」

その可能性はある。刺されたことを誰かに伝えようとしている途中で、意識を失ったのかもしれない。でもどうしてうちの事務所に……。

「半年足らずの間に、新田兄弟が連続で殺傷されたということになりますよね」

こんな偶然、考えられるだろうか。

当然ながら第二の事件は村上の犯行ではあり得ない。もし同じ犯人がやったのだとしたら……。

「誰がやったんだろう」

千紗には陶子しか思い浮かばなかった。真相に気づいた弟の智也も手にかけた。そう考えるとつながる。

「私は甘過ぎたかもしれません」

千紗は自分に言い聞かせるようにつぶやく。まさか二人目が狙われるとは思っていなかった。村上が身代わりに捕まっている時点で悠長に考えている場合ではなかったのだ。証拠はない。だが新田智也が刺された当時のことを警察に話すことができればもしかすると……。

一時間ほどで病院に着いた。

時刻は午後十一時半過ぎ。法廷で見た新田の両親の姿があった。憔悴しきった顔でうなだれている。警察関係者が何人かいて、千紗に気づくとこちらにやってきた。

「新田さんは今、手術中です」

「容体は？」

「出血がひどく、意識はないということで」

急所は外れているものの、かなり重傷らしい。この場に漂う雰囲気からは、予断を許さない状況であることがすぐに分かった。

熊とうなずきあうと、事務所に電話があった時の様子について伝えた。

これで兄弟が立て続けに襲われたということになったので、誰でもさすがにおかしいと思うだろう。だが村上が逮捕、起訴されて公判にかけられている状況で、警察や検察としては真犯人が他にいるとは認められないだろう。村上との共犯の線なら考えるかもしれないが、こちらが描いている真相は、陶子単独の連続殺傷事件だ。

「犯人じゃないかと気になっている人がいます」

だが刑事はあまり真剣にとりあってはくれない。悔しいが、確かな証拠もなく推測だらけで警察に信じてもらおうとしても無理なのだろう。

智也の手術はまだ続きそうだった。自分にはこの事件の犯人は陶子としか思えない。こうしていても仕方ない。

「熊さん、今すぐ車を出してもらえませんか。私、行きたいところがあります」

「どこへ行く気なんだい？」

「日下部判事のところです」

「家に行くってこと？　こんな時間にいきなり」

「ええ、彼女を追いつめるなら犯行後の今しかないんです。こんなに早くこちらが動くなんて思わないはず。自宅の場所は分からないから裁判所で連絡を取ってもらいたいんです」

熊はおでこに手を当てた。

「わざわざ行っても会えるとは思えないよ」

「行ってみないと分からない。じっとしていたらおかしくなりそうで」

「分かった。分かったから。でも無茶はしないでよ。すぐ一人で危険なところに飛びこむんだもん。見てられないよ」

「熊さん、ごめん。ありがとう」

車に乗りこむと、エンジンをふかした。

岡山地裁にはすぐに着いた。受付には色黒の守衛がいて、本を読んでいた。胸には坂口という名札が見える。

「すみません。よろしいでしょうか」

千紗は弁護士バッジを見せた。

「どうかしましたか」

真夜中に警察ではなく弁護士が訪ねてくるとは普通ではない。坂口という守衛はいぶかしげにこちらを見やった。

「日下部判事に今すぐ連絡をとりたいんです」

「はあ？」

「緊急の用件なんです」

坂口はこんな真夜中にいきなり何を言い出すんだという顔だった。隣の熊も坂口にすまなそうな表情を向けている。

「おかしな頼みだとは思いますが、連絡を取っていただけませんか」

坂口はぼりぼりと頭を掻いていた。千紗はお願いしますと頭を下げる。

「緊急ってどういうことです？」

「それは……」

言いよどむしかなかった。殺人犯だと疑っているなどとは、さすがに言えない。こちらの様子に困ったとばかりに坂口は両腕を組んでいた。

「さっき令状請求が来て対応していたばかりなんだが、その関連か」

坂口の言葉に千紗は小さくえっと言った。

「すみません。日下部判事はまさか……」

「令状当番でここにいるよ」

「そんな馬鹿な」

声を上げたのは熊だった。

「何だあんたら、彼女がここにいるって知らずに来たのか」

千紗も開いた口がふさがらない。どういうことだ。景色がぐにゃりと歪んだ。陶子が犯人ではないのか。自分の考えは全て思いすごしだったのだろうか。

「おい、もういいのか」

「あ、いえ、ちょっと。すみません」

千紗と熊は受付から少し離れた。

「僕たちは大きな勘違いをしていたのかな」

「でも熊さん、新田智也さんが刺されたのはここから五キロくらいのところでしょう？　車を使えば十分くらいで行けます。日下部判事が裁判所にずっといたとは限らないし。だいたい令状当番って、公判中にもするものですか」

「千紗ちゃん」

「もしかしたらアリバイ工作で、わざとそうしたのかもしれない」

熊は眉間にしわを寄せながら、小さく首を横に振った。

「それは考え過ぎだと思う。警察が裁判所に令状を請求しに来た時に、判事がいないってなったら一発でアウトだよ。それなのにわざわざ今日、犯行を計画するとは思えない」

「でも令状請求がなかったら、抜け出すことも可能なんですよね」

やはり直接、本人に聞くしかない。陶子は宿直で今、ここにいるのだ。だが熊にあっさりと止められた。

「気持ちは分かるよ。でも現実的じゃない。やっぱり間違ってたんじゃないのかな。だいたい日下部判事が万が一犯人だったとしても、聞いたところで、彼女が本当のことを言うだろうか」

「それは……」

「もし会いに行くなら、彼女がやったという証拠なりなんなり、これで言い逃れできないってものを用意しないとダメだ」

千紗は奥歯をかんで下を向いた。

「僕たちは弁護士なんだ」

熊の言葉に千紗は静かに顔を上げる。

「警察じゃない。真犯人を挙げることができれば被告人の無実を証明できるけど、そんなことできるケースはほとんどない。僕たちが今、第一にやるべきことは裁判で村上さんをしっかりと弁護すること。苦しい状況だとはいえ、検察は村上さんが有罪である決定的な証拠を持っているわけじゃない。こっちにはアリバイ証人だっているんだから勝算はあるんだよ。明日、明後日の公判でどう戦うか考える方が先決だ」

「熊さん」

「君の行動力は尊敬している。弁護士としての使命に自分の感情を乗せることで突破口を切り開くのは、君だからできることだ。でもいつもそれでうまくいくとは限らないよ」

話しているうちに少し落ちついてきた。

沸き立っていた血が少しずつ冷めていくような感覚だった。

「あ、ごめん。ちょっと言いすぎたかな」

熊がすまなそうに顔をのぞきこんできた。

「ううん、こっちこそごめんなさい。つい必死になっちゃって。熊さんの言うとおりだと思います」

つきあわせて悪かったと反省した。

「ちょっといいか」

坂口という色黒の守衛が、こちらに近づいてきた。

「どういうことなんだ。あいつ、日下部判事がどうしたっていうんだ」

「いえ、何でもありません。夜分にすみませんでした」

そのまま立ち去ろうとするが、坂口は睨むような眼差しでこちらを見ている。

ふと気になった。坂口は判事のことをあいつと呼んだ。ひょっとして親しい間柄なのだろうか。陶子のことをよく知っているのだろうか。

千紗は立ち止まると振り返り、坂口のもとへと戻った。

「あの、またよかったら教えてもらえませんか、日下部判事のことを。私、事情は言えませんけど、彼女のことをもっとよく知りたいんです」

名刺を押しつけるように渡した。熊がやれやれという表情でこちらを見ている。

坂口はそれ以上、何も言わずに守衛室に消えた。


公判二日目。夏の日射しが照りつけていた。

被害者の弟が刺されたという状況でも、裁判は続行されている。事件がニュースで流れたせいか昨日は空席のあった傍聴席もいっぱいで、抽選も行われたという。

千紗は裁判長席に座る陶子を見上げた。まるでいつもと変わらない。彼女が昨晩、智也を刺して平気でここに座っているのかもしれないと考えると、背筋が冷たくなる。

「証人は前に出てください」

弁護側の証人として証言台に立つのは、田中弘武《ひろたけ》という工場勤務の男だ。田中は事件のあった日の午後八時半ごろ、高松の繁華街の飲み屋で村上と語りあったというのだ。

「では弁護人から質問をします」

熊は田中に質問をしていく。田中は五十代でくせの強い髪の男だった。事件の日、「くらむぼん」という飲み屋で確かに一緒だったと田中は自信たっぷりに答えた。

「『くらむぼん』に入った時刻は何時ごろでしたか」

「午後八時半くらいでした」

「その時刻は正確ですか」

「近くのビルの壁に表示されているデジタル時計で確認したので間違いないです。夜勤の時はこの時間から仕事だと思ったことを覚えています」

事件のあった総社市の清音寺までは、電車や車で移動しても一時間以上はかかる。

だからこの時刻が正確なら、アリバイは成立する。

「そこであなたはどうしましたか」

「カウンターで飲みながら、端の席にいた男性と話しこみました」

「どういう内容でしたか」

「裁判員制度のことです。酔った男性が店のおかみさんに自分は裁判員だったとしゃべっているのが聞こえたんです。それで色々教えて欲しくて話しかけたんです」

田中の証言はしっかりしていた。文乃の目撃証言がふるわなかった以上、彼に託すしかない。練習したとおりに話しているというより、今ここでちゃんと自分で考えて話している感じがして好感がもてた。

「それ以外に覚えていることはありますか」

「はい。私が気になっているブログについても話しました」

「それはどういう内容でしたか」

「越智という画家の方のブログです。裁判員をやった体験が詳しく書かれています。スマホでそのブログを見せると、男性は知っている人だと言いました。しかもこの人に会ったばかりだと」

ここまで覚えている以上、田中が会った人物は村上に間違いないだろう。熊も一つ一つ確かめるように質問を続けていった。

「以上です」

予定した通りに尋問は終わった。熊はやり終えた感があるのか、ゆっくりと息を吐きだした。

検事が立ち上がる。かけていた眼鏡を額に押し上げた。

「証人が裁判員のことに興味をもっていたのは何故ですか」

「私の娘のところに候補者名簿に登録されたという知らせが来たからです。それでちょうど色々調べていたところだったんです」

「越智という裁判員のブログの話をされたということですが、あなたはどのようにしてこのブログのことを知ったのですか」

「体験談は、娘の参考になると思いまして。ネットで裁判員、体験記と入力して検索したらすぐにこのブログが出てきたんです」

これですねと言って、検事はモニターで越智のブログを表示した。

「そうです」

「あなたは居酒屋で知り合った男性と具体的にどういったことを話しましたか」

検事は思った以上に会話内容について突っこんできた。

「裁判員をやった時の様子や、この越智という人物についてですよ。男性はこの越智という画家、案外普通の人だと笑って教えてくれました」

「ブログの内容について、他にどんなことを話しましたか」

検事の問いに、田中は初めて考えこんだ。

「古い記事に評決の様子を暴露しているものがあったので、そのことを話しました」

「他にはどんなことを話しましたか」

ねちっこい質問が続いた。

「新しい記事には元裁判員の仲間と会ったことが書かれていたので、男性はこれは自分のことだと得意げでした」

その瞬間、検事の目が鋭くなった。

「あなた方が見た越智さんの記事は何年の何月何日のものですか」

「いちいち覚えていません。いくつも見ましたので」

「お聞きしているのは一つだけです。元裁判員の仲間と会ったという記事のことです」

「分かりません」

とまどう表情で田中は答えた。

「この記事でしょうか。これ以外に仲間と会ったという内容の記事はないようです」

検事はブログを示した。そこには蟬の会のことが書かれていた。比較的あっさりとした記述だ。文面を見て田中は面倒くさげにうなずいた。

「はい、これです」

「日付を見てください」

「はあ?」

「この記事が書かれたのは、事件のあった翌日です。事件当日にあなたと男性は会っていたのに、どうして翌日の記事を見ることができたのでしょうか」

傍聴席からざわめきが聞こえた。

「つまりあなたが被告人と会ったのは、事件当日ではなく翌日だったのではありませんか」

田中の口から言葉は漏れなかった。

「あなたの工場は事件の翌日、臨時の休業日でしたよね? あなたは被告人と会った日を勘違いしたのではありませんか」

「い、異議があります」

熊が異議を唱えたが、陶子によって却下された。

田中は額に手を当てて下を向いた。何てことだ。この反応、検事の指摘どおり本当に会った日が違っていたのか。だが田中を責められない。気づけなかったこちらのミスだ。

それから検事は追いうちをかけるように質問した。

「あなたは被告人と飲んだ日が、事件のあった日であると言いきれますか」

「……次の日だったかもしれません」

熊は青ざめていた。千紗は思い出す。村上はそのころ、毎日のように街にくり出していたと言っていた。翌日も同じ店へ飲みに行っていて、帰宅したところで警察から話を聞かれたらしい。田中は飲み屋で会った村上が越智と会ったばかりだと言ったので、その日のことだと思いこんでしまったのだ。

田中の話をそのまま信じきってしまったからか、アリバイが見つかってほっとしたからか、確認が不十分で本当に情けない。陶子のことばかり気にしていて、基本的なところをおろそかにしていた。悔やんでも悔やみきれない。

熊が再主尋問をするが、うまくいくはずもなかった。

うなだれながら、田中は法廷を後にした。

それからも村上のアリバイを崩された悪い流れを引きずったまま、二日目の公判は終わった。

「それでは閉廷します。明日は十時からです」

こちらに一瞥もくれることなく、陶子は裁判官用通路に消えた。

苦しいな。そう言わざるを得ない状況だ。これで証人尋問は終わった。残っているのは被告人質問くらい。三日目は村上に質問していき、あとは検察側の論告と弁護側の弁論、最終陳述で結審する。四日目は判決だけなので、実質的に残された逆転の機会は明日しかない。

帰り道は二人とも言葉がほとんどなかった。そのまま新田智也が入院している病院に寄り、容体を訊ねる。まだ意識は戻らないようだ。

あと一日、何とかしなければいけない。このまま終わらせてはいけない。その思いだけが空回りしていた。

2

天気のよい日が続いて昼間は暑いくらいだが、朝は涼しい。

薄い朝靄《あさもや》を裂くように、トレーニングウェアで走った。体調はいい。いつものように川沿いを抜けて、朝日に挨拶するように走っていく。

雲一つない空。川面《かわも》に光が反射してきらきらと光っている。鳥たちが羽ばたく。私が何をしようとも、世界は今日もこんなに美しい。不思議と充実していた。もう自分はやるべきことをやったのだ。

七キロを走り終わると、シャワーを浴びた。

松岡千紗のことが頭に浮かんだ。昨日の公判は見ていられないほどひどいものだった。もう少しやると思っていたが、こんなものなのだろうか。

小松菜とバナナをジューサーに放りこんだ時にチャイムが鳴った。こんな時間に誰だろう。陶子はのぞき穴から様子を窺う。男女の姿があって、眠そうな顔の男の方に見覚えがあった。

「朝早くすみませんね、日下部判事」

眠そうな顔をした男は刑事だった。

少し前、陶子の裁いた事件で、証人としても法廷に立ったことがある。こんなタイミングで自宅までやってくるということは……。

「お聞きしたいのは新田智也さんが刺された事件についてです。ご存知ですよね」

「ええ、よく知っています。お兄さんの事件を担当していますから」

「新田智也さんとあなたはどういう関係ですか」

警察はどこまでつかんでいるのだろう。意識を取り戻した智也が陶子のことをすべてしゃべったというのなら逃れようはないが、どうやらこの感じはそうじゃない。

「実は智也さんのスマホにあなたとの通話履歴がありましてね」

刑事はメモをしながら上目遣いにこちらを見た。

陶子は考えたふりをしてから、あごのあたりを軽く撫でた。

「岡山地裁で模擬裁判があったんです」

女性警察官が模擬裁判とくり返した。

「一般の方が参加して行うものです。新田さんは裁判員役として参加していました。模擬裁判の後、私に話があると言って名刺を渡していったんです。ちょっと待っててください」

陶子はもらった名刺を持ってきた。

「これです」

刑事は女性警察官に目くばせをした。刑事が事情を聞きに来ることは予想がついていた。智也とは何度も通話している。

「そうでしたか。ううん」

それから刑事たちは長々と質問したが、相談を受けていた、という説明で納得したようだ。陶子が犯人だと疑っているようには見えなかった。明らかに形式的な聞き取りだ。

「犯人に目星はついたんですか」

「え、いや、それは」

「兄弟が連続で殺傷されるなんて普通ではありません。どうかしっかり調べてください」

「ありがとうございました」

刑事たちは帰っていった。陶子はスムージーを飲みほして、スーツに袖を通す。髪をくしでとかしてから、ヒールの靴を履いた。

もう時間だ。行かなければ。

これでいい……これが私の選んだ道。最後まで醜く、私の正義を押し通すだけだ。

電車を降りて、裁判所に登庁した。

警備員の坂口は休みのようで姿はない。いてもどうせ挨拶とも言えないやり取りを交わすだけだし、気にすることなく裁判官室へ向かった。

「部長、おはようございます」

「おはよう」

簡単に新件をチェックすると、原田らと共に執務室を出た。評議室には裁判員たちが集まっていた。

「皆さん、どうですか。もう三日目ですし、慣れましたか」

声をかけるが、裁判員たちの表情は昨日までと違って硬かった。疲れもたまってきているだろうが、やはり被害者の弟が刺されたショックが尾を引いている様子だ。

「では皆さん、行きましょう」

専用の通路を通って二〇一号法廷へと向かう。これから公判三日目が始まる。今日ですべてが決まるといっていい。

扉が開き、陶子は裁判員たちの後に続いて席に向かった。

松岡千紗。彼女はどう動くだろう。ここまでの戦いを見る限り、出たとこ勝負の印象であまりにも見通しが甘いと言わざるを得ない。

全員が起立した。頭を下げて着席。最後の戦いがこれから始まる。連れてこられた村上は憔悴した顔だった。

「被告人は証人席へどうぞ」

陶子の言葉で、村上は証人席へ向かった。弁護人席にいた二人のうち、立ち上がったのは千紗の方だった。

「新田さんとはどういう関係でしたか」

「八年前、私は小杉優心という少年が犯したコンサート会場爆破事件で裁判員でした。新田さんはその時、傍聴人として法廷に来て、私の顔を覚えて接触してきたんです」

村上は下を向いたが、すぐに顔を上げた。

「私は新田さんにお金をもらっていたんです。死刑に一票を投じるようにって。手付金で五万円。死刑判決が出たら十万円」

傍聴席は少しざわめきたった。裁判員たちは驚いた顔を浮かべている。

それから村上は説明をつけ加えていった。死刑執行後、買収に応じたことをネタに脅されたが、それに応じず、以前もらった金は返したと。そのことは陶子も知らない事実だったが、智也から兄の暴走を聞いていたのですぐに納得できた。きっと村上の言うことは事実なのだろう。

「私は新田さんを殺してなんていません」

汗を滴らせながら村上は訴えた。傍聴席の妻は頑張れと両手を祈るように組んでいる。本当にこの二人にはすまないことをした。

結局のところ、弁護側の主張は村上の他にも新田を恨んでいた人物がいたであろうというものだ。私につながる証拠は何もない。もし私が犯人であると言いたいのなら、私が村上のバッジを拾ったことまで証明する必要がある。だがそんなことを証明できるはずもない。それどころかもしカフェで隣のテーブルに座っていた人物が怪しいと思ったとしても、衝立を挟んでいたしそれが私であることを証明する手段はないのだ。

それに……いや、まあ、どうでもいい。こちらの考えなど分かるはずもない。どうやっても真実には絶対に届かない。

ふと顔を上げる。

気のせいか、蟬が一匹、遠くで鳴き始めた。

3

昨日の晩はひどく目が冴えて眠れなかった。

その前の晩も新田智也が刺された事件があって睡眠不足。鏡で見た自分は久々に赤い目をしていた。何としても村上の無罪を勝ちとらなければならないのに、これではいけない。熊にさとされても当然だ。

被告人質問で、千紗は必死に村上を弁護した。

「弁護人はこの事件の起きた原因が、新田さんによる死刑評決を出した者への脅迫行為から来ていると考えています。被告人が過去買収に応じたことは責められるべきことですが、今は本件の真相に迫りたいと思い、質問を続けます」

ここからが勝負のポイントだ。このまま押し切る。

「新田さんが殺害されたすぐ後、同じ裁判員だった越智さんが自殺しています。あなたは彼とカフェで会っていたそうですが、何か言っていましたか」

「小杉優心は死刑になるべきじゃなかった……そう言っていました」

村上は越智について語った。

「その越智さんが自殺される直前、被害者遺族の谷岡さんに送ったと思われる手紙と動画があります。越智さんも誰かに脅されていたという事実を示すため、ここに紹介させていただきます」

熊は越智の手紙をスライドで表示したあと、動画を再生した。

法廷内にいくつか用意されたモニターに大写しになる。優心が被害者に向かって離れろと叫んでいる声が響く。

裁判員や傍聴人は呆気にとられながら、その動画を見ていた。

「このように小杉優心は被害者を助けようとしています。騒ぎを起こしたかっただけなのかもしれません。事実認定が難しいですが、この事件、殺人ではなく過失致死だったと言えるかもしれません。少なくとも死刑はありえません」

傍聴席はざわめいている。しかし動画を見せて新田と村上の間にあった事実を説明したところで、村上が無実であることに結びつきはしないのだ。

ひな壇を見上げる。

法衣を着て裁判長席に座る日下部陶子は誰よりも高潔で美しい。彼女が殺人なんてするだろうか。すべてはこちらが思い描いていた幻想なのではないか。ふとそんな気がしてしまう。もし本当に二人の人間を殺傷しておきながら、平然と訴訟指揮をしているとするなら、それはもう人ではない。

やがて午前中の被告人質問は終わった。

傍聴人たちがぞろぞろと退席していく。

引き上げていく陶子のほっそりした背中を見つめた。

このままでは、きっと勝てない。公判に臨む前には文乃の目撃証言とアリバイ証人という二本の柱があった。だがその柱は二つとも崩れ落ちた。今から挽回《ばんかい》するには、いったいどうすればいいのだろう。精いっぱい考えるが、思いつかない。

「諦めたらそこで裁判は終了だ」

昔読んだ漫画のようなセリフを口にして、熊は少しでも明るくしようとしてくれている。だがわずかに頰を緩めるくらいしかできなかった。

「千紗ちゃん、お昼は？」

「先に行っててください」

熊と別れ、トイレに立った。

鏡にはひどく疲れた顔が映っている。何とかしなければ……。

うなだれながら午後の公判について考えていると、スマホに着信があった。登録されていない番号だ。千紗はすぐに出た。

「松岡さんか」

聞こえてきたのは、男性の低い声だった。どこかで聞き覚えがある。

「はい、あなたは？」

「坂口だ。少し話がしたい」

思い出した。一昨日、ここの裁判所で会った警備員だ。今、裁判所のすぐ外にいるという。午前中の公判が終わるタイミングを見計らってかけてきたようだ。

千紗は裁判所から外に出た。

地裁の建物の前に、深く帽子をかぶった私服の坂口が立っていた。

「お話があるということでしたが」

声をかけると、坂口は帽子のひさしを親指で上げた。

「あんたはどうして日下部のことが知りたいんだ」

坂口は陶子と幼なじみなのだと打ち明けた。千紗は藁《わら》にでもすがるような気持ちで、小杉優心の死刑評決から新田兄弟殺傷事件まで、今までのいきさつをかいつまんで話した。

「実は私は疑っているんです。日下部判事が犯人だと」

さすがに坂口は驚いた顔だった。しばらく何も言うことなく、こちらを睨むように見つめていた。

幼なじみを疑うなど失礼なやつだと怒らせてしまったのかもしれない。そう思った瞬間、坂口は背を向けた。ちらりと千紗を振り返ると手招きし、歩き始める。

よく分からないが、ついてこいという意味のようだ。

坂口の後に続いてしばらく歩くと、メタセコイアの高い木が植えられていて、蟬が鳴いていた。坂口は立ち止まると、そこから裁判所の建物を振り返った。

「少し前に、彼女の親父さんが亡くなった」

ようやく重い口が開かれた。

「ただ問題はそこじゃない。納骨式の際、彼女は遺骨と一緒に小さな木箱を入れてもらっていたんだ」

「木箱……ですか」

「ああ、墓に遺骨以外のものを入れるなんて普通じゃないだろ？　何の箱だったのかどうしても気になって、後で坊さんに頼みこんで教えてもらった」

「中身は何だったんですか」

坂口は帽子のひさしをつまんだ。

「へその緒だ」

「えっ」

「亡くなったわが子の、と言っていたようだ。ずっと独身だったはずだから驚いた」

陶子はシングルマザーだったのか。だが周りに知られていないというなら、人知れず産んだということか。亡くなったということは、生まれても長くは生きられなかったということだろう。意外な事実だ。今まで大切に持っていたのに手放したということは、もしかすると自分が万が一、逮捕された時のことを考えての行動だったのかもしれない。

「他には何かないんですか。最近、変わったことがあったとか」

坂口には思い当たることがあるようだ。きっと彼も陶子の様子がおかしいと思っていたのだ。だからこうやって千紗の頼みに応じてくれたのだろう。

「窓の鍵が開いていた」

つぶやくように声が漏れた。

「えっ、どういうことですか」

「一昨日の晩のことだ。あんたらが来ただろ？　彼女が令状当番だった日だ。翌朝、そこの窓の鍵が開いていた」

坂口は裁判所の端っこにある窓を指さした。

「夕方の見回りで、俺は閉まっているのを確かめた」

千紗はあっと声を上げた。ということはその後、誰かがあの窓の鍵を開けたということだ。まさか……。

「俺は後で書記官に聞いた。令状請求が来たとき、書記官が判事を呼ぼうと仮眠室まで行ったら、そこには誰もいなかったそうだ」

「いなかった？」

「彼女はすぐに戻ってきたようだがな。トイレに行っていたと言って。それにあの日の当番は本当は彼女の番じゃなかったらしい。他の人と代わってやっていたそうだ」

千紗は口元に手を当てた。

きっとそうだ。陶子はアリバイを作り、新田智也を殺そうとした。令状請求にはあやうく対応することはできたものの、鍵を締め忘れてしまったのだ。

「坂口さん、鍵が開いていることに気づいたのは翌朝だったんですか」

「ああ、もう陽が昇っていた」

これで陶子のアリバイを打ち破れるだろうか。

無理だ。

その晩、陶子以外にも裁判所に人はいた。窓なんて誰でも開けることができる。彼女が抜け出した証拠にはならない。はっきりしているのは智也が刺された晩、陶子は令状当番で裁判所にいたという事実のみだ。

「俺が知っていることはそれだけだ」

「……そうですか」

なんてことだ。こんなに疑わしい事実がいくつもあるのに、何一つとして陶子を追いつめるまでには至らない。結局のところ、ここまでなのだろうか。

いや諦めるな。何かないのか。

見えているのだ。この事件はすべて八年前の死刑評決から始まっていると。

千紗はすべての情報をもう一度、頭に思い起こす。これまで陶子のことはいろんな形で探ってきた。本人とも直接、話をした。判決書の文面からも探り、元裁判員たちに死刑評決の時の様子も聞いた。だがまだ足りない……。

「あんたはあいつが真犯人だと疑っていると言ったな」

坂口の言葉にはいとうなずく。

「確かにいけ好かない女だ。裁判官としては優秀なんだろうが、昔からいつも一人で思いつめて、どんどん自分を苦しめていくんだ。俺はあいつを見ているとどうしていつもそうなんだと腹が立つ」

陶子の人間らしい弱さを初めて聞いた。

「だが俺にはあいつが自分のミスを隠すため、殺人をするとは思えない」

「……坂口さん」

言われて気づく。自分は陶子のことを冷徹な完璧主義者だと思いこんでいたことに。しかし彼女は亡くした子のへその緒を大切に持っていた。情を解さないような人間では決してない。

梨絵から聞いた話がふと頭に浮かぶ。憎むべき被告人への裁きと愛するわが子への裁き。これが一致した時が公正な裁き……そう陶子は語ったという。この言葉を小杉優心にも聞かせてやりたかった。感情に左右されないようにしても、それが難しいのが人間というもの。だからこそ彼女は伝えたのだ。愛するわが子をたとえに用いた陶子。彼女だって人間なのだ。

千紗は鞄から封筒を取り出した。死の直前、小杉優心が書いた手紙だ。今回の事件とは関係ないが、これを見せたら陶子はどう思うだろう。

テープで貼り合わされた便箋を見つめていると、激しい光に頭が白くなった。衝撃にかすかに指先が震えている。

こんなことがあるのか。だがこう考えればすべての説明がつく。いや、こんなことはさすがにない。これまでのことをもう一度、頭に浮かべてみる。彼女の発した言葉、八年前の動画、窓の鍵、へその緒……それらがすべてつながっていく。

今、真実がはっきり見えた。

あの人は完璧な計画を立てた。だがたった一つだけ決定的な証拠を残している。村上を救うにはこれ以外にない。間に合うだろうか。手に入れても陶子を追いつめられるだろうか。だがこのままでは勝てる見こみはない。

「おい、どうかしたか」

「坂口さん、私、どうしても今すぐ確かめたいことがあるんです」

「ああ？」

この考えが正しいのか、調べに行きたいと頼んだ。ただごとではない千紗の様子に、坂口は呆気にとられていたが、すぐに車を出すから乗れと言ってくれた。

「千紗ちゃん、ここにいたのか」

車を取りに行く坂口を見送り、スマホを取り出そうとすると声がかかった。外に食事に行っていた熊だ。ちょうどよかった。

「すみません、熊さん、ちょっと出てきます」

「は、はあ？」

「あとを頼みます。間に合うように必ず戻りますので」

坂口の車がやってきた。千紗はそのまま助手席に飛び乗る。バックミラーには立ちつくす熊が映っている。ごめん、熊さん。でもこうするしか方法がない。

「いいのか」

「はい。終わりまでには戻りますから」

日下部判事、これから私は自分のすべてをかけてあなたに正面から戦いを挑む。真実は見えている。証明する方法もある。これから必ず決着をつけてみせる。

4

あの日のように、蟬が鳴いている。

閉め切っていると外の音が聞こえにくいはずだが、おかしなものだ。そういえば以前、掃除の音が天井から響いて、公判が中断したことがある。音は不思議な伝わり方をするものだなとどうでもいいことを考えた。

被告人質問は続き、流れは変わらぬまま終わった。熊は一人、弁護人席でうなだれていた。千紗はどこに行ったのだろう。苦しい状況に耐えられず、この場を放棄してしまったのだろうか。

「それでは検察官、論告をどうぞ」

陶子に促され、検事が論告を始めた。

「本件公訴事実は、当公判廷において取り調べ済みの関係各証拠により証明十分である。ところが被告人は当公判廷において事件当日は現場には行っておらず、証拠となった裁判員バッジについても何者かが置いたか落としたものであり、目撃証人についても見間違えたのではないかと主張し、弁護人もこれを全面的に支持する形で被告人の無実を訴えるので、以下検察官の意見を述べる」

いつの間にか下がっていた眼鏡を額まで上げた。検事は争いのない事実及び各証人の証言などから、本件公訴事実は合理的疑いをさしはさむ余地はなく認定できるとまとめた。

また結果の重大性、被告人が罪を認めないことなどから、厳罰に処す必要性を訴えて求刑へと移った。

「……以上、諸般の事情を考慮し、相当法条適用の上、被告人を無期懲役に処するを相当と思料する」

長い論告求刑が終わった。

「弁護人は弁論をどうぞ」

陶子に促され、熊はつらそうに立ち上がる。

だがその時、弁護人側の扉が勢いよく開いた。

息を切らして一人の女性弁護士がやってくる。法廷にいる全員が唖然《あぜん》として彼女を見ている。松岡千紗だ。どこへ行っていた？　今さらやってきてどうするというのだ。もう証拠調べは済んでいる。最終弁論だけでどうにかできる状況ではない。

「遅れてすみません。あとは私がやります」

千紗は熊に耳打ちした。

「弁護人は弁論をどうぞ」

陶子がくり返すと、千紗はゆっくり証言台の方へ歩みを進めた。深い呼吸をして息を整える。それから裁判員の方を向いた。

「すべてはストーリーなんです」

いきなり結論を言うように切り出した。

「論告によって語られたこと。それは断定形ですが、結局は検察が描いたストーリーでしかありません。弁護側にはこの事件、別のストーリーがあります。それを聞いてどうか皆さん、判断していただきたいのです」

千紗は視線を村上に移した。

そして傍聴席を経てもう一度、ひな壇を向いた。

「すべては八年前の死刑評決から始まっている。これが弁護側が紡ぎ出そうとしているストーリーです。小杉優心という少年が起こした高松コンサート会場爆破事件。本当にいたましい事件でした。彼は死刑になったわけですが、そこに至るまでには実は様々な問題が隠れていたのです。最も問題だったのは新田兄弟がこの死刑評決を金儲《かねもう》けに利用したことでした」

千紗はここまでの経緯を説明していく。

「清音寺の事件、殺害現場から逃走する人物を二人の証人が目撃していました。そして二人とも外見の証言は共通しています。身長百七十センチくらいで痩せ型、黒っぽい服……」

この人物が犯人であると千紗は言った。

「新田直人さんは八年前の事件の動画で複数の人間を脅していました。逆に言えば新田さんを殺す動機をもつ者が複数いるということです。ただその中で被告人の裁判員バッジを手に入れられる人物となると、極めて限定されます」

千紗は元裁判員の集いが事件当日「café パナリ」であったことを語り、真犯人がバッジを入手できたのはここしかないと断言する。そして裁判員全員を見回した。

「ではいったい誰が真犯人なのか……。越智さんではありません。彼は事件当時、男木島にいました。吉沢さんでもありません。彼は事件のあった時間は花を配達していました。村上被告の妻の梨絵さんは妊婦で里帰りしており、その日の会には出席できませんでした。もう誰もいない。そう思えますが実はまだ一人いるんです。越智さんはもう一人に出席するよう声をかけていた。蟬の会の開催日時、場所を知っているのだから、その人物だってバッジを手に入れられるはずです」

千紗は裁判員に一度視線をやってから、陶子をしっかりと見すえた。

「真犯人は日下部判事、あなたです」

傍聴席はかつてないほど、大きなどよめきに包まれた。

両脇にいる判事たちが驚いて陶子の方を見た。検事も裁判員も誰もが陶子の表情に注目した。傍聴席はいつまでもざわめきがおさまらない。陶子は静かに口元へ指をかさね、凍りつくような視線で千紗を見つめ返した。

法廷の空気は張りつめていた。

隠し続けてきたナイフを、彼女はようやく見せた。

このまま最後までさやに収まっているかと思ったが、最初からこのタイミングで抜こうとしていたのか、あるいは追いつめられて苦しまぎれに抜かずにはいられなかったのか、分からない。だがいずれにせよ、遅過ぎたなという印象だ。

「弁護人、いい加減にしてください」

声を発したのは検事ではなく、左陪席判事の川井だった。

「あなたは常軌を逸しています」

「これが被告人の弁護に必要なことであり、ここでどうしても語らなければいけないことなのです」

「どういうことですか。こんな最終弁論は……」

川井の言葉を、陶子は彼の顔の前に手をかざすことでさえぎった。

「構いません。続けてください」

「裁判長……」

「ありがとうございます」

千紗は陶子に向かって軽く頭を下げた。

こんなことをして陶子の犯行だと証明できなければ、彼女は弁護士として致命的なダメージを受けるだろう。裁判という公の場で陶子の名誉を毀損《きそん》した罪を背負うことになる。

だが午前の審理が終わった時とは見違えるように、千紗の目はいつの間にか生気を取り戻していた。もう覚悟はできている。この法廷で私かあなたのどちらかが破滅する。そんな目だ。

「ただ……弁護人に裁判長からひとことあります」

陶子は口を開いた。騒がしかった法廷は一瞬で静かになる。

「こういった弁論を認めることは好ましくありません。公判は人の人生を決める場であって、劇場ではないのです。もちろんあなたもそのことは分かっていることでしょう。その上で覚悟されているものだと思います。ですから……」

言葉を一度切って、陶子はじっと千紗を見つめた。

「どうか悔いのないよう、弁論を続けてください」

「承りました」

ピリピリした空気の中で、千紗は言葉を続けた。

「裁判長、あなたは越智さんから会に参加しないかと連絡を受けていました。会の日時や場所を知っている。村上さんの裁判員バッジを入手することは可能です。しかも殺害現場の目撃証言と身体的特徴が一致する……」

陶子は反論することなく、じっと千紗を見つめた。

「あなたも被告人と同様に、新田さんから脅されていたのでしょう。その時に動画を見せられ、過去の判決が誤りだったことを知った。こんなことはあってはならない。だからこの事実を隠さなければいけない。そう思って新田直人さんを死に至らしめた」

千紗も視線をそらすことなく、陶子をしっかり見つめていた。

「そしてそのことを知った新田智也さんも手にかけようとした。今、智也さんは意識不明の状態です。あなたは自分のミスを公に知られたくないため、二人を殺傷し、今こうしてのうのうと裁判長席に座っている……」

そこで一度、千紗は言葉を切った。

「この罪を裁くとしたら、死刑以外にあるでしょうか」

千紗が厳しい顔で問いかけると、川井が眉根にしわを寄せた。熊はおどおどして千紗と陶子を交互に見つめている。法廷内に沈黙が流れた。誰もが息つくことを忘れているようだった。

「さっきまで、そう思っていました」

沈黙を破り、千紗は過去形で言った。

「真相は違ったんです。裁判長、あなたの生きざまを知るにつけ、おかしいと思いました。この人が口封じのためにこんなことをするだろうか。自分の罪を逃れるために裁判員バッジを利用して、村上さんを身代わりにしようとする。そんなこと、あなたがするとは思えない。口封じではなく別の理由があったのではないか。そう考えたら見えてきたんです」

千紗は陶子の方を向いた。

単刀直入に言います……以前も聞いたフレーズが聞こえた。

「あなたが新田直人さんを死なせてしまった理由、それは単純に怒りです」

「怒り？」

「ええ。そこにあったのは怒りだけです。あなたは単純に新田直人さんがどうしても赦せなかった。強烈な怒りに駆られての行動と考えるならすべてにつじつまが合うんです。自首しなかったのもそのため。すぐに逮捕されるわけにはいかなかった」

陶子は手を組んだまま、千紗をじっと見つめた。

「どういう意味ですか」

「あなたには赦せない人間が他にもいたということです」

息継ぎすると、千紗はさらに続けた。

「それは弟の新田智也さんのことです。あなたは智也さんを手にかけた今、本当はもう逮捕されたいと思っているんです。ただし自首はしない。連続殺傷事件の犯人として醜く逮捕されるつもりでここにいるんです。そうでないと死刑になれないから」

陶子は表情を変えることなく千紗を見つめた。

「死刑になる？」

「そうです。あなたは新田兄弟が赦せなかった。それと同時に自分のことも赦せなかったんです。あなたは新田直人さんを死なせた後、自分も死のうと思った。でもこうも考えたんです。それでは生ぬるいと。ただ自殺するのでは公平じゃない。自分が死刑にした小杉優心と同じように、自分にも死刑評決を下そうとしたんです」

誰もが呆気にとられていた。検事は苦笑いをしている。原田はもはや何も言えないとばかりにぽかんとしている。証拠も何もなく、ただ勝手な推測をまくしたてただけの千紗に、熊でさえ顔を引きつらせていた。

「面白いストーリーですね」

陶子は憐れむように千紗を見つめた。

「弁護人、以上で終わりですか」

「まだです。これからです」

千紗の目は周囲の反応とは逆に熱く燃えていた。

「あなたの怒りのわけを説明するには、死刑評決を汚されたというだけではまだ足りない。そこにはもっと燃えたぎるような、あなたの人生そのものに関わる根本的なものが必要だと私は思いました」

「燃えたぎるもの？」

ええと千紗はうなずいた。

「裁判長、あなたは過去の評議の際、こうイメージしてみるよう裁判員たちに言われたそうですね。まずこの事件で殺された被害者が、愛するわが子だったら被告人にどんな罰を与えるかと。次にその被告人は冤罪で、真犯人はあなたのもう一人の子どもだと分かったらその時、愛するその子にあなたはどういう罰を与えるかと……」

「ええ、それは言いました」

「あなたが発したこの言葉に、あなたのすべてがこめられています」

「私のすべて？」

「そうです。あなたはその言葉どおりの裁きをしていたんです」

陶子の心の中にはさざなみが立っていた。

少し間をあけてから、陶子は静かに訊ねた。

「弁護人、どういう意味ですか」

千紗はすぐには答えなかった。じっと陶子を見つめている。何だこの目は。そう思っているとやがてその唇が静かに開かれた。裁判長という声が漏れた。

「小杉優心はあなたの子だということです」

法廷内は一瞬、深く静まりかえった。

だがすぐに地鳴りのようなどよめきが支配していった。陪席も裁判員も検事も誰もがあまりのことに言葉を失っていた。

「刑事訴訟法第二十条に被告人の親族は職務の執行から除斥されるとあります。あなたは裁判官として実の子を裁いた。明確な法令違反です」

陶子は瞬きを忘れていた。

「裁判長、私はあなたのことを尊敬します。本心では小杉優心の命だけは助けたいと思っていたのでしょう。ですがそれでも判断を曲げなかったんです。どんな思いだったのでしょう。きっとあなたからすれば自分に死刑評決が出るよりつらかったはず」

千紗はいつの間にか優しい目をしていた。

「本当に命を投げうつような評決だったのでしょう。それなのに新田直人さんはそんなことを知らず、あなたを脅した。自分がおなかを痛めて産んだ子を死刑にしなければいけなかった思いはとても想像できません。そしてそんな覚悟で出した評決とわが子を踏みにじった新田兄弟をあなたはどうしても赦せなかった」

「……松岡さん」

千紗は一枚の紙きれをとり出した。

「これは小杉優心が書いたものです」

便箋がモニターに大きく映しだされた。

真ん中が破られていて、テープで貼り合わせてある。

「この便箋を父である小杉優教さんに見せた時、彼はこの便箋を破り、こんなやつは俺の子じゃないと叫びました。その時は自分の子がとんでもない事件を起こして死刑になったのだから、無理もない反応だと思いました。でもその言葉が本当だとしたら……さきほど、小杉優教さんに会って確認しました。小杉優心は自分たち夫婦の実の子ではないと認めました。あなたが昔、東京のアパートで産んだ子を引き取ったのだと」

千紗は悲しげな顔で続けた。

「あなたの幼なじみの方に聞きました。あなたは亡くなった子のへその緒を、ご両親のお墓に入れたんですよね。へその緒のＤＮＡ型鑑定をすれば、あなたと小杉優心の親子関係が分かります」

何ということだろう。まさか、ここまで……。

彼女の言うことはすべて本当だ。

優心は自分が二十七年前に産んだ子なのだ。

優心の父である山本敦には、中絶したと伝えてあった。だが本当はお腹の中で必死に生きようとするわが子を手にかけることなどできなかったのだ。誰にも知られないよう、こっそりとアパートで産んだ。

育てられなかった私は、アパートの大家夫妻に託した。ひそかに産んだ子を彼らの実子として届け出た。いい人たちで、小杉優教は自分の名前から一字まで与えてくれた。きっと優心も幸せになってくれるはずだ。自分はあの子を捨てたのだから、この先二度と関わってはいけないと思った。それなのに……。まさか虐待されて施設に保護されているとは夢にも思わなかった。

優心のその後を知ったのはあの子が罪を犯してからだ。優心が自分の子であると聞かされた山本は激怒し、これ以上ないほど汚い言葉で陶子をののしった。すべては自分のせいだ。陶子がすべてを明らかにし、優心とともに罪を償いたいと言うと、血相を変えて山本はそれを止めた。

陶子はその直後、異動になった。裁判官の人事を握っているのは最高裁事務総局。山本は当時、そこで力があってこの異動をねじ込むことができた。君を高松地裁に回してやった。裁判員裁判とは言っても、裁判長の力は大きい。犠牲者多数の事件ならともかく、殺されたのは一人。やろうと思えば死刑回避にリードしていくことは容易だろう。山本はそう言った。狙いは見え透いていた。優心が自分の子だと知れれば山本も終わりだ。わが子の死刑を止めるチャンスを与える代わりに、陶子の口を封じたかったのだ。

この命を代わりに差しだすから、あの子を死刑にだけはしたくないとも思った。だが私は裁判官。絶対に公正であらねばならない。山本が何と言おうと、一切の私情を殺して判断した。評決が出た後、やり直したいという思いが湧き上がってきたがねじ伏せ、わが子に死刑を突きつけたのだ。

優心に判決を下した後も、どうすればあの子の罪を償えるだろうと苦しんだ。自分の収入の大部分は匿名で被害者遺族の支援団体に寄付していた。だがそんなことで気持ちは楽にならなかった。免罪符を金で買っているような気分だった。

黙りこんだ陶子をよそに、千紗は再び口を開いた。

「裁判長、聞かせてください。新田智也さんを刺したとき、あなたは令状当番を利用してアリバイを作った。ですがばれるリスクが大きい上、窓の鍵をかけ忘れるなど、うかつだった。でもそれはすべてあなたの計画なんですよね。あなたはアリバイを作ろうとしたんじゃない。アリバイを作っていると見せかけるのが狙いだったんです。だからばれてもよかったんでしょう」

彼女の言うとおりだった。あの子が犯した罪は消えない。あの子を死刑にした私の罪も消えることはない。自首することも考えた。自殺することも考えた。しかし死刑になることでしか私は私を裁けなかったのだ。

「新田智也さんが刺された後、私の事務所に電話をかけたのはあなたなんでしょう」

それも正しい。彼女に気づいて欲しかった。早く私を人殺しとして追いつめて欲しかった。ただしそれはあくまで本当の動機に気づかれないことが前提だ。この真相までたどり着くことができるとは思いもしなかった。

千紗は知るまいが、自宅には覚え書きも残してある。警察がこれを見れば、最初から新田兄弟を殺す計画があったと思いこむ。村上の裁判員バッジも彼を身代わりにするため、現場にわざと置いたと記した。

つまり計画的な殺人で、罪を逃れるために人に罪を着せようとしたことになり、永山基準では死刑になりやすくなるからだ。

「公判で示した動画と手紙。この送り主は越智さんだと私は思っていました。でも本当はあなたが送ったんじゃないんですか」

あの動画を手に入れた後、どうすべきかも悩んだ。この真実を知れば谷岡夫妻はどう思うだろう。それが正しかったのかどうかは分からないが、本当のことを知った方が被害者の慰めになると判断して送った。

しばらく間があって、千紗は口を開いた。

「裁判長、八年前の評決のことで、一つお聞きしたいんです」

「何ですか」

「あなたは本当に公正だったのですか」

陶子は鋭いまなざしで千紗を見つめた。

「犠牲者が一人、被告人が犯行当時十九歳以下の事件でも死刑になった判例はあります。ですがそれは稀なケース。あの量刑はあなたらしくないと私には思えました」

「私らしくない？」

「そうです。他の裁判官二人は無期懲役でした。私が裁判官でもおそらく同じ判断だった。ですがあなたは情に流されてはいけないと思うあまり、裁判官としての公正さを失っていたんではありませんか」

その言葉に陶子は目を大きく開けた。

「自分の子だからこそ、甘くしてはいけない。被害者に申し訳が立たない。その思いから公正さを欠いてしまったのではないんですか」

思いもしない言葉だった。視界がぼやけていく。そんなはずはない……必死で否定しようとするができなかった。私は公正だ。こうしてわが子にすら死刑を突きつけている。そう思いこんでいたのではないのか。

法廷内のすべての視線が自分に集まっているのを感じつつ、陶子はもがいていた。わからない。今、私には何も見えなくなっている。

いや、本当はわかっている。私は間違っていたのだ。その間違いから目を背け続けてきた結果が今なのだ。

あのとき、私は優心の産みの母であることを明らかにするべきだった。そうしなければ、贖罪は始まらなかったのだ。優心は謝罪の心をもっていた。その心をもっと早く見つけることができたかもしれないのに。私は間違っていた。どうしてこんなことをしてしまったのだろう。罪深いことをどれほどくり返してきたのだ。

しばらく失っていた視界が戻ると、そこには一人の女性弁護士がいた。

「裁判長、私があなたを弁護します」

千紗の背後から、何かが立ち上るような感じだった。本気で救おうとしているのか。このすべてを失くした愚かな女を。

法廷は水を打ったようにしずまりかえっていた。誰も何も言葉を発しない。息をのんで二人のやり取りを見守っている。

「弁護人」

陶子は無表情のまま、千紗に語りかける。

「弁論はそれで終わりですか」

「はい。よって被告人は無罪です」

陶子はゆっくりとうなずいた。

「もう、被告人の最終陳述はよろしいですね」

被告人席で村上が千紗と陶子を交互に見つめている。小さく無言でうなずいた。

「それではこれで閉廷とします」

陶子が真っ先に立ち上がると、ほかの全員も遅れて立ち上がった。

ざわめきの中、裁判官用通路を通って引き上げていく。原田も川井も誰も近寄ってこなかった。

すべてが終わった。

評議室前では裁判員たちが待っている。これから評議だ。いつもなら判決前まで喧々囂々《けんけんごうごう》の議論が行われる。だがもう必要はない。

「部長」

川井が困った表情を浮かべていた。

「今日はもう解散で。少し休ませて」

言い残すと、一人で裁判官室へ戻った。椅子に腰かける暇もなく、年配の書記官がやってきた。青ざめた顔だった。

「部長、警察からお電話ですが」

「そう、ありがとう」

微笑んだだけで、電話は代わらなかった。もうすぐ私は逮捕される。その前に少しだけ一人になりたい。そう思って法衣のまま外に出た。メタセコイアがある。八年前のあの日も蟬が一匹だけ止まって鳴いていた。

松岡千紗。その気持ちだけはありがたく受けとっておこう。だがもう私には何もないのだ。

法衣のポケット口に手を入れ、隠し持っていたナイフをとり出した。

目を閉じると浮かんだのは両親の顔だった。

そしてあの時、胸に抱いた愛《いと》しいわが子。

どうして手放したんだろう。

彼のことを知ろうともせず、救ってもやれなかった。私があなたを産んだ母親だよとどうして言ってやらなかったのだろう。一緒に罪を償う道だってあったではないか。

ごめんなさい。こんな母親でごめんなさい。

もう一度つぶやいて喉元にナイフをつきつけた。

だが手がそれ以上、動かなかった。得体のしれない強い力で押さえつけられている。死ぬのは怖くないのにどうしてだろう。ゆっくり目を開けると、ナイフを握り締めた陶子の手には、大きなごつごつした手が重ねられていた。

警備員の坂口だった。顔がくしゃくしゃで今にも泣きだしそうだ。

その表情だけで十分だった。何てことだ。ようやく分かった。

ずっと誰からも愛されないと思っていた。自分など判事でいる以外に何の価値があるのだろうと思ってきた。こんなに愛してくれていた人がいたのに、私は……。

「死ぬな」

坂口の言葉に力が抜けていく。生きていてもいいの？　陶子は問い返した。

いいんだよ。生きていて欲しいんだ。坂口の目はそう語っていた。頬を熱いものが伝っていく。坂口は何も言わず、陶子を強く抱きしめている。

いつの間にか、蟬の声が消えていた。

終章

この接見室に来るのは、これで何度目だろう。

弁護士として今まで何度も被疑者や被告人に会いに来た。死刑囚や極悪犯、小悪党、冤罪を訴える者、様々な人の依頼を受けた。

だがこんなに不快な依頼は初めてかもしれない。

穴の開いた透明なアクリル板の向こうに、依頼主がいる。

「松岡千紗です」

名乗ると、その青年はゆっくりと顔を上げた。

「来てくれてありがとうございます。よろしくお願いします」

あれから村上には無罪判決が下された。

もちろん、判決を下したのは日下部陶子ではない別の判事だ。陶子は最終弁論のすぐあと、逮捕されている。自分が小杉優心の母であること、八年前の事件の動画で脅されたこと、彼らへの怒りから新田兄弟を殺傷したこと、わが子への思いから自ら死刑になろうとしたこと……すべてを認めた。

「僕は無実なんです」

彼と話すのはこれが初めてだ。だが自分はこの男を知っている。村上の裁判の時、法廷で見たからだ。まだ若く、端整な顔立ちと言えるかもしれない。

「新田さん、どうか、自分に不利になることでも、私には正直に教えてください」

「分かりました。もちろんです」

新田智也は澄んだ目をこちらに向けてきた。

少し前に退院した彼は、後遺症もなく体はもうほとんど回復している。

陶子の供述により、智也は恐喝罪で逮捕された。そして思いもかけないことに、千紗にこうして弁護を依頼してきたのだ。

「単刀直入に聞きます」

千紗は彼がやったとされることをすべて挙げていった。表情は変わらなかったが、智也の目は心なしか黒く濁っていった。

「ああ、全部その通りですよ」

白い歯を見せながら、あっさりと智也は答えた。

「どうしてこんなことをしたんですか」

「ううん、疎外感かな」

千紗は疎外感……と復唱した。

「一見、恵まれているようでいて誰からも理解されない青年の心の闇ってやつです」

まるでどこかのニュース記事を貼りつけたような言い回しだ。だが彼にはもっと聞きたいことがあった。

「何故私に弁護を依頼したんですか」

「だって、面白そうじゃないですか」

ダメだ。全く理解できない。

「あなたが脅した人、日下部判事たちや死刑が執行されてしまった小杉優心に対してどう思っているんですか」

きつく迫ると、智也はおどけたような顔になった。

「別に。何とも思っていません」

「あなたは日下部判事に個人的恨みがあったんですか」

「いえ、全く。ただ傍聴している時に彼女を見て驚いたんです。東大出のエリートで凛とした美人。まるで私は正義の化身、絶対に間違わないと顔に書いてある。この人が堕ちていけば面白いと思っただけで」

智也は全く悪びれるでもなく言った。

「それより松岡先生、恐喝罪は財産犯ですよね」

「はあ？　何を」

「成立には不法領得の意思が必要でしょう？　僕は三千万円を払えと脅しましたが、そんなもの本当は欲しくなかった。彼女が苦しめばよかっただけ。嘘じゃない。これって恐喝罪は成立しないんじゃないですか」

何だこの男は……。怒りが全身を覆いつくしていく。恐喝罪はどんなに重くても懲役十年だ。満期まで勤めてもまだ三十代半ば。一方、陶子のしたことは判事という立場、社会的影響力を考えればそれより軽く済むことはないだろう。二人がしたことの、どちらが悪だというのだ。

「まあ、そんなこと言っても無理かな。彼女が堕ちていくさまを楽しめましたし。でも実の母親だったとはね。最後にこんなサプライズがあって満足しています」

恍惚《こうこつ》状態が続いているような顔だった。

これまでの千紗なら、嫌悪感からすでに席を立っていたかもしれない。もう自分には弁護できない、こんなやつ、可能な限りで最大の刑罰を与えることが本人のためにもなると。

だが頭をよぎったのは、拘置所で向きあった小杉優心の姿だった。

きっと谷岡夫妻の目には小杉優心も今の智也のように理解不能な怪物に映っていただろう。

このいかれた男も本当は、人に理解されない苦しみや心の傷を抱えているのかもしれない。それらを見極めて正しく裁かれるよう弁護していくことは大切なことだと思った。

この世は白と黒では割り切れない。全くの白が黒として扱われた場合にのみ、正義感を燃やすのでは半人前だ。弁護士として向きあう被告人は白と黒が混ざっているのが普通だ。罪人を全て真っ黒だと切り捨ててしまっては、問題がある。どれくらいのグレーなのか、正確に判断して刑を与えなければいけない。日下部陶子。彼女はずっとこんな世界で生きてきたのだ。

「弁護してくれますよね」

智也はにっこりと微笑んだ。

「ええ、分かりました」

了承して接見室を出た。

タクシーに乗ると、向かったのは岡山市内にある墓地だった。

途中で電話があった。真山からだ。

「やってくれたね」

村上の無罪を勝ちとったことへの称賛かと思ったが、そんな感じではなさそうだ。

「どうかされたんですか」

「私の駒を一つ、つぶしておいてよく言うね」

意味がまるで分からなかった。冷たいものを感じてつばを飲みこむと、ようやく笑い声が聞こえた。

「高松高裁の判事、山本敦が辞職した件だ。なかなか使える男だったんだよ」

陶子が逮捕された直後、山本は体調がすぐれないという理由で判事を辞めた。以前、佐野という男の弁護を真山に助けてもらった。その時、真山は山本の弱みを握っていると言っていたが、それが陶子と小杉優心のことだったらしい。おそらく引き受けた時から真山には勝算があったのだ。死刑か無期かの判断など、一人の裁判官の胸三寸でどうにでもなると。

「ま、いいけどね。それより松岡さん、再審請求、やるんだね」

「ええ、そのつもりです」

小杉優心の事件のことだ。これまで日本において、確定した死刑が無罪になったことはある。だが確定した死刑が無期懲役、あるいは有期懲役になったことはない。ましてや死刑が執行された事件だ。

だが陶子は被告人の母でありながら、わが子を裁いた。これは明確に刑事訴訟法第二十条に違反するだろう。八年前の事件の動画もあるし、戦うべきだ。この戦いは単に小杉優心のためではない。人を裁くということ、人に死を突きつける基準の根本を問う戦いでもあるのだ。

「まだ何かあるかな」

「いえ」

「じゃあ、また会おう」

明るく言うと、真山は通話を切った。この人の話はどこまでが本当なのだろうか。まあ、考えていても仕方ない。

タクシーの後部座席で、千紗は鞄から手紙をとり出す。谷岡夫妻から送られてきたものだ。

死刑を望みそれがかなったわけだが、それでも癒されることは一生ない。小杉優心のことは永遠に赦せない。ただ彼の手紙と動画の事実を知ったことで、ただの憎しみからほんの少しだけ別の感情へと変わっていくかもしれない。そんな可能性を与えてもらったとは思う。そんなことが書かれていた。

陶子への思いは複雑なようだ。もっと早くから母親だと認めていればという思いもあるだろう。しかし彼女に対し、谷岡夫妻は寛容だった。それは以前、陶子が高松駅前の事件現場で花を手向けていたところを見たからなのだという。陶子は事件後、八年もの間、月命日には必ず訪れていたようだ。

谷岡夫妻の心が少しでも癒される日が来るといい。そう思っているうちに到着した。あいにくの曇り空だが、花を持って墓へと向かった。

「千紗先生」

文乃が手を振っている。

小杉優心の遺骨はへその緒と一緒にする形で、日下部家の墓に納められた。

文乃の隣で、千紗は優心が眠る墓に手をあわせた。誰かがもっと早く本気で彼の言葉を引き出すことができていたら、死刑を止められたのだろうか。

目を開けると、文乃がこちらをじっと見ていた。

「千紗先生って、どうしてそんなに強いんですか」

唐突な文乃の問いに一瞬の後、苦笑いした。

そんなに強くないよ、と千紗は答える。

「だって私、ずっと怪物が怖くて逃げていたの。だからもっと強くなって怪物をどんどんやっつけたいと思ってた」

「怪物？　なにそれ」

文乃は笑っている。

「でもね、絵本の中と違って、現実はやっつけて終わりっていうそんな簡単なもんじゃない。最近ちょっとだけ分かってきた気がする」

「ふうん、よくわかんない。でも千紗先生、なんかかっこいいよ」

文乃は首をかしげつつ、また少し笑った。

「私の手紙、優心に届けてくれてありがとう。優心の手紙も、遺族の方に届けてくれてありがとう」

小さな坂道を二人で引き上げていく途中で、墓を振り返る。彼岸花が咲く中、拘置所で見た小杉優心の顔が浮かんだ。千紗は聞こえないほどの声でつぶやく。

「私があなたを弁護します」

どこか優しい風がそっと頬を撫でた。


（了）

本作品は、書下ろしです。

本書はフィクションであり、登場する人物・組織などすべて架空のものです。

|著者| 大門剛明　1974年三重県生まれ。龍谷大学文学部卒業。第29回横溝正史ミステリ大賞とテレビ東京賞をダブル受賞した『雪冤《せつえん》』で2009年にデビュー。主な著書に『反撃のスイッチ』（講談社文庫）『不協和音　京都、刑事と検事の事件手帳』『氷の秒針』『優しき共犯者』『婚活探偵』『両刃の斧』などがある。『雪冤』『テミスの求刑』『獄《ひとや》の棘《とげ》』など映像化作品も多い。弁護士・松岡千紗が凶悪事件に立ち向かう『完全無罪』（講談社文庫）は、冤罪ミステリーの傑作として話題になる。本作は「完全無罪」シリーズ第2作。

死刑評決《しけいひょうけつ》

大門剛明《だいもんたけあき》

講談社文庫

定価はカバーに
表示してあります

2019年12月13日第1刷発行

発行者——渡瀬昌彦
発行所——株式会社　講談社
東京都文京区音羽2-12-21　〒112-8001
電話　出版（03）5395-3510
　　　販売（03）5395-5817
　　　業務（03）5395-3615

デザイン—菊地信義
本文データ制作—講談社デジタル製作
印刷———株式会社廣済堂
製本———株式会社国宝社

Printed in Japan

ISBN978-4-06-518155-3

講談社文庫刊行の辞

二十一世紀の到来を目睫に望みながら、われわれはいま、人類史上かつて例を見ない巨大な転換期をむかえようとしている。

世界も、日本も、激動の予兆に対する期待とおののきを内に蔵して、未知の時代に歩み入ろうとしている。このときにあたり、創業の人野間清治の「ナショナル・エデュケイター」への志を現代に甦らせようと意図して、われわれはここに古今の文芸作品はいうまでもなく、ひろく人文・社会・自然の諸科学から東西の名著を網羅する、新しい綜合文庫の発刊を決意した。

激動の転換期はまた断絶の時代である。われわれは戦後二十五年間の出版文化のありかたへの深い反省をこめて、この断絶の時代にあえて人間的な持続を求めようとする。いたずらに浮薄な商業主義のあだ花を追い求めることなく、長期にわたって良書に生命をあたえようとつとめるところにしか、今後の出版文化の真の繁栄はあり得ないと信じるからである。

同時にわれわれはこの綜合文庫の刊行を通じて、人文・社会・自然の諸科学が、結局人間の学にほかならないことを立証しようと願っている。かつて知識とは、「汝自身を知る」ことにつきていた。現代社会の瑣末な情報の氾濫のなかから、力強い知識の源泉を掘り起し、技術文明のただなかに、生きた人間の姿を復活させること。それこそわれわれの切なる希求である。

われわれは権威に盲従せず、俗流に媚びることなく、渾然一体となって日本の「草の根」をかたちづくる若く新しい世代の人々に、心をこめてこの新しい綜合文庫をおくり届けたい。それは知識の泉であるとともに感受性のふるさとであり、もっとも有機的に組織され、社会に開かれた万人のための大学をめざしている。大方の支援と協力を衷心より切望してやまない。

一九七一年七月

野間省一

講談社文庫 最新刊

池井戸 潤
半沢直樹3
〈ロスジェネの逆襲〉
出向先での初仕事はＩＴ企業の買収案件。親会社からの妨害に半沢は若手らと倍返しを狙う。

池井戸 潤
半沢直樹4
〈銀翼のイカロス〉
経営難の帝国航空を救うため銀行は巨額借金を棒引きせよ？　今度こそ半沢、ゼッタイ絶命！

上田秀人
愚劣
〈百万石の留守居役(十四)〉
江戸に留まる本多政長に随伴した数馬は吉原の秘史に触れ驚愕する。〈文庫書下ろし〉

葉室 麟
津軽双花
家康の姪・満天姫《まて》、三成の娘・辰姫《たつ》。津軽家の正室を巡る戦いを描く表題作、ほか三編。

大門剛明
死刑評決
〈「完全無罪」シリーズ〉
死刑を支持した元裁判員が、殺人容疑者として被告席に。前代未聞法廷の驚くべき結末。

神楽坂 淳
うちの旦那が甘ちゃんで6
女を騙す悪党「色悪」。そのなり方を教える「色悪講」に入ることになった月也の狙いは！

椹野道流
新装版 **隻手《せきしゅ》の声** 鬼籍通覧
生と死、食をめぐる法医学教室青春ミステリの金字塔。罪なき者たちの声を聴く魂の物語。

講談社文庫 最新刊

濱 嘉之
〈新装版〉院内刑事《デカ》
文庫書下ろしの人気作が新装版として登場。大病院を舞台に、やり手の公安警察OBが駆ける！

森 博嗣
つんつんブラザーズ
〈The cream of the notes 8〉
思わず納得、ベストセラ作家の斬新な思考よりすぐり100。大人気エッセイ。〈文庫書下ろし〉

藤田宜永
大雪物語
記録的な積雪による予期せぬ出会いや別れなど珠玉の六つの物語。吉川英治文学賞受賞作。

山田正紀
大江戸ミッション・インポッシブル
〈幽霊船を奪え〉
江戸の闇を二分する泥棒寄合――川衆VS.陸《おか》衆の抗争に第三勢力どくろ大名が参戦する！

泉 ゆたか
お師匠さま、整いました！
寺子屋を舞台に、女師匠と熱血算術少女たちが大奮闘！ 第十一回小説現代長編新人賞受賞作！

さいとう・たかを
戸川猪佐武 原作
歴史劇画 **大宰相**
〈第一巻 吉田茂の闘争〉
戦後の日本政治史を活写する名作劇画、刊行開始！ 吉田茂の志と「吉田学校」の誕生。

歴史劇画 **大宰相**
〈第二巻 鳩山一郎の悲運〉
名作劇画第二弾。吉田茂の長期政権に抗《あらが》い、気骨の党人派・三木武吉は鳩山一郎を担ぐ。